我的第一本談話日語小老師

一個人用日語
一直聊一直聊

U0079264

功能齊全，掌握最有效的學習!!

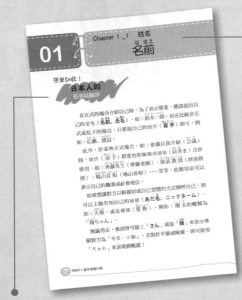

四大主題

涵蓋最完整的交談主題

依照自我介紹的談話內容編排，從簡單的介紹自己、介紹家人、聊自己的興趣和休閒娛樂……四大主題。每個單元都是獨立的，不必一定要從頭讀起，隨翻隨學最輕鬆。

原來如此

課本不會教的第一手資訊

開始學習自我介紹主題之前，先概略瞭解一下日本人言行背後的文化背景，理解雙方文化差異後，在和日本人聊天時，才能更符合日本人的禮儀及說話習慣。

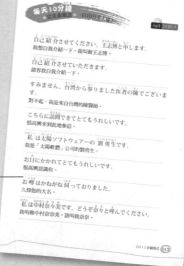

實用例句

每天10分鐘，完美表現法

收錄和日本人交談最常使用的會話例句，只要經常開口做練習，就能靈活應用到各種情境，任何場合的對話都難不倒，和日本人溝通零阻礙。

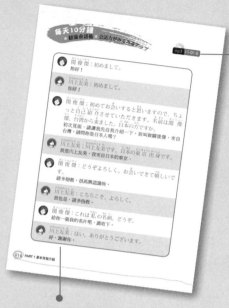

MP3
音軌提示，方便您反覆聆聽
全書例句及會話皆由日籍專業老師錄音，發音最正確。各段落的內容自成一音軌，想聽哪一段，隨點隨聽，不用從頭開始找。即使不看書，也可一邊做聽力練習一邊跟讀。

情境日語會話
每天10分鐘，超強會話術
搭配朗讀MP3，透過對話中的人物角色扮演、邊聽邊學、矯正自己的發音。對話句子接近日本人的生活口語，只要反覆練習，一定會越說越溜。和日本人應對將更加順暢、不會再結結巴巴。

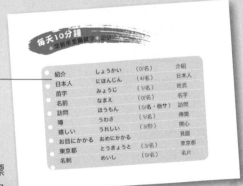

超實用關鍵字
每天10分鐘，重要關鍵字
收錄各種主題的超實用關鍵字，標出重音、詞性及字義，讓你談話用字更精準。

目次 Contents

PART 1

基本的自我介紹
簡単な自己紹介をする

Chapter 1 介紹自己

Chapter 2 介紹自己的家庭

PART **2** 介紹自己的經歷和工作
学歴(がくれき)と仕事歴(しごとれき)について

Chapter 1 介紹自己的教育程度

Chapter 2 介紹自己的校園生活

Chapter 3 介紹自己的職業及工作狀況

PART 3 介紹自己的休閒與興趣
日常生活や趣味について

Chapter 1 介紹自己的才藝

Chapter 2 介紹自己的嗜好

Chapter 3 介紹自己的日常生活

PART

介紹自己的休閒活動
休日（きゅうじつ）の過（す）ごし方（かた）

Chapter 1 介紹自己喜歡的運動

Chapter 2 介紹自己喜歡的時尚流行

Chapter 3 介紹自己喜歡的電子媒體

原來如此

PART 1

基本的
自我介紹

かんたん　　　　じ　こ しょうかい
簡単な自己 紹 介をする

01

名前
な　まえ

原來如此！

日本人的
名字與稱呼

　　在正式的場合介紹自己時，為了表示慎重，應該說出自己的全名（**名前**、**氏名**），如：鈴木一朗。而在比較非正式或私下的場合，只要說自己的姓氏（**苗字**）即可，例如：広瀬、渡辺。

　　此外，於某些正式場合，如：會議自我介紹（**会議**）時，姓氏（**苗字**）經常也和職稱或頭銜（**肩書き**）合併使用，如：斉藤先生（齊藤老師）、財前教授（財前教授）、鳩山首相（鳩山首相）……等等。此類用法可以表示自己的職業或社會地位。

　　如果想讓對方以較親切或自己習慣的方式稱呼自己，則可以主動告知自己的綽號（**あだ名**、**ニックネーム**），如：大熊，或是暱稱（**愛称**）。例如：翔太的暱稱為「翔ちゃん」。

　　無論男女，後面皆可接上「**さん**」或是「**様**」來表示尊稱對方為「先生、小姐」。若對於平輩或晚輩，則可使用「**ちゃん**」來表現親暱感！

自己(じ こ)紹介(しょうかい)させてください。李振怡(リ シン イ)と申(もう)します。

我想自我介紹一下。我叫做李振怡。

自己(じ こ)紹介(しょうかい)させていただきます。

請容我自我介紹一下。

すみません、台湾(タイワン)から参(まい)りました医者(い しゃ)の陳(チン)でございます。

對不起,我是來自台灣的陳醫師。

こちらに訪問(ほうもん)できてとてもうれしいです。

很高興來到此地參訪。

私(わたくし)は太陽(たいよう)ソフトウェアーの劉佑心(リュウユウシン)です。

我是「太陽軟體」公司的劉佑心。

お目(め)にかかれてとてもうれしいです。

很高興認識你。

お噂(うわさ)はかねがね伺(うかが)っておりました。

久仰您的大名。

私(わたし)は中村奈々美(なかむらな な み)です。どうぞ奈々(な な)と呼(よ)んでください。

我叫做中村奈奈美,請叫我奈奈。

関俊傑（カンシュンケツ）：はじめまして。
妳好！

川上友美（かわかみともみ）：はじめまして。
你好！

関俊傑（カンシュンケツ）：はじめてお会いすると思いますので、ちょっと自己紹介させていただきます。名前は関俊傑、台湾から来ました。日本の方ですか。
初次見面，請讓我先自我介紹一下。我叫做關俊傑，來自台灣。請問妳是日本人嗎？

川上友美（かわかみともみ）：川上友美です。日本の東京出身です。
我是川上友美，我來自日本的東京。

関俊傑（カンシュンケツ）：どうぞよろしく。お会いできて嬉しいです。
請多指教，很高興認識妳。

川上友美（かわかみともみ）：こちらこそ、よろしく。
我也是，請多指教。

関俊傑（カンシュンケツ）：これは私の名刺です。どうぞ。
給你一張我的名片吧，請收下。

川上友美（かわかみともみ）：はい、ありがとうございます。
好，謝謝你。

名前	なまえ	（0/名）	名字
苗字	みょうじ	（1/名）	姓氏
氏名	しめい	（1/名）	姓名
肩書き	かたがき	（0/名）	職稱；頭銜
あだ名	あだな	（0/名）	外號；綽號
ニックネーム	nickname	（4/名）	暱稱；綽號
愛称	あいしょう	（0/名）	暱稱
紹介	しょうかい	（0/名,他サ）	介紹
訪問	ほうもん	（0/名,他サ）	訪問
ソフトウェアー	software	（4/名）	軟體
お目にかかる	おめにかかる		（謙讓語）見面
嬉しい	うれしい	（3/形）	開心
噂	うわさ	（0/名）	傳聞
伺う	うかがう	（0/他五）	（謙讓語）請教；打聽
呼ぶ	よぶ	（0/他五）	呼喚；喊叫
東京	とうきょう	（0/名）	東京
出身	しゅっしん	（0/名）	出生地；畢業
名刺	めいし	（0/名）	名片

原來如此！

日本人的
生日&年齡

　　在自我介紹時，有時會順便提到自己的年齡，但最好不要主動詢問對方的年齡。相對於西方國家，日本人雖然對於年齡公開比較不避諱，如同我們常會在日本的新聞報導或電視節目上，看到人名後面直接加註年齡的情況。這是因為日本人很重視該年紀所表現出來應有的行事態度、以及給別人的印象。但因年齡畢竟屬於個人隱私的一部份，為了避免給人不良的印象，還是謹言慎行為宜。

　　此外，千萬不要直接了當地詢問成年女性的年齡或者繞著此類話題打轉，這是相當不禮貌的。

　　女性在自我介紹時，如果不想讓對方知道自己年齡，可以技巧性地帶過或轉移話題。但是如果遇到對方直接問到，而自己又堅持不透露時，可以委婉地微笑回答「(それは)ちょっと……」（這不太方便說啦……）。

私はもうすぐ二十歳になりますよ。

我快滿20歲了。

私が六歳になった時家族と一緒に台北に引越してきました。

當我6歲的時候，我們全家就搬到台北了。

私は大人っぽいと言われるのですが、実はこの三人の中で一番年下です。

雖然我看起來比較成熟，但實際上我是3人之中年紀最小的。

今年は定年退職するつもりです。

我打算今年退休。

失礼ですが、お歳を伺ってもいいですか。

對不起，可以請教一下你幾歲嗎？

もう、あんまりお答えしたくない年ですね。

我不太想透露我的年紀。

あなたの誕生日はいつですか。

你的生日是哪一天？

私は三歳年上の兄がいます。

我哥哥比我大3歲。

私 はもう四十代の中年世代ですね。
わたし　　　　　よんじゅうだい　ちゅうねん せ だい

我已經是個40好幾的中年人了。

十四歳の女の子には、どのようなバースデープレゼン
じゅうよんさい　おんな　こ
トがいいんでしょうか。

14歲的女孩該送什麼樣的生日禮物才好？

私 は既に成人ですが、弟はまだ学校に通う年齢です。
わたし　すで　せいじん　　　　　おとうと　　　　　がっこう　かよ　ねんれい

我已經成年了，但我弟弟還在就學的年齡。

私 達はもう未成年ではなく、選挙権もあります。
わたしたち　　　み せいねん　　　　　　せんきょけん

我們不再是未成年人，已經有投票權了。

来 週 の月曜日になると、十八歳になります。
らいしゅう　げつようび　　　　　じゅうはっさい

下個星期一，我就滿18歲了。

毎天10分鐘
＊超強會話術＊ 会話力がみるみるアップ

関俊傑：こんにちは。朋美さんは、この前にバースディーパーティーを開いたそうですね。
嗨，朋美。聽說妳前不久辦了生日派對？

川上友美：そうなんですよ。私は二週間前に二十五歳の誕生日を迎えたばかりなんです。
嗯，兩個星期前我才剛過完25歲的生日。

関俊傑：本当？全然そう見えないですね。私と同じぐらいかと思っていました。
真的嗎？真是一點也看不出來。我以為妳跟我差不多呢！

川上友美：同じくらいって、俊傑さんは何歳ですか。
所謂差不多是指……？俊傑你是幾歲呢？

関俊傑：僕も誕生日を迎えたばかりなんです、十九歳の。
我也剛過完我19歲的生日。

川上友美：じゃ、お誕生日はいつですか。
那你的生日是哪一天呢？

関俊傑：九月二十四日です。
我9月24日出生的。

川上友美：すごい偶然！誕生日、私と同じです。
真巧！我們竟然同一天出生。

関俊傑：ええっ、本当に。すごい偶然ですね。

咦，真的嗎？真是太巧了！

川上友美：じゃあ、西暦だと何年生まれですか。１９８２年か１９８３年。

那你是西元哪一年出生的？1982年？還是1983年？

関俊傑：１９８３年です。

1983年。

川上友美：不思議ね、私より七歳も年下なんですね。

真不可思議，你比我小7歲！

二十歳	はたち	（1/名）	20歳
引越す	ひっこす	（3/他五）	搬家；遷居
大人っぽい	おとなっぽい	（5/形）	像大人的
年下	としした	（0/名）	年幼
年上	としうえ	（0/名）	年長
定年退職	ていねんたいしょく	（5/名）	年齡屆滿退休
あんまり		（0/副）	不太……
中年世代	ちゅうねんせだい	（5/名）	中年時期
バースデー	birthday	（1/名）	生日
プレゼント	present	（2/名,他サ）	禮物；贈送
未成年	みせいねん	（2/名）	未成年
選挙権	せんきょけん	（3/名）	選舉權
誕生日	たんじょうび	（3/名）	生日
偶然	ぐうぜん	（0/名,形動ダ,副）	巧合
迎える	むかえる	（0/他下一）	迎接…人、事情或時期
青年期	せいねんき	（3/名）	青年時期
老年期	ろうねんき	（3/名）	老年時期
失礼	しつれい	（2/名,形動ダ,他サ）	抱歉；失禮
生まれる	うまれる	（0/自下一）	出生
見た目	みため	（1/名）	看起來…的樣子
西暦	せいれき	（0/名）	西元

王さんの故郷はどんなところですか。

王小姐的老家是什麼樣的地方？

私は小さい頃には、田舎に住んでいました。

我小時候住在鄉下。

私は年に二度家族連れで故郷に帰ります。

我每年帶我的家人回去老家兩次。

そこは高雄から北へ五十キロほど行ったところにある小さな村です。

那是高雄北邊約50公里遠的一個小村莊。

私がそこに住んでいたのは六歳くらいまでですが、今でもそこを故郷だと思っています。

雖然我在那裡只住到大約6歲，但已經把它當成是我的故鄉了。

私はもう三十年以上台湾に住んでいます。

我住在台灣已經超過30年了。

私は台湾の原住民であることをとても誇りに思っています。

我非常以身為台灣的原住民為榮。

....

中国語も台湾語も私の母語です。

中文和台語都是我的母語。

....

私の曽祖父の時代から、当地で農家を営んできました。

自我曾祖父那一代起，我們家在當地就已經務農了。

....

私は台湾の台中出身です。

我是台中人。

....

川上友美：俊傑さんはどこに住んでいるんですか。
俊傑，你是哪裡人呢？

関俊傑：僕は新北市の淡水です。
我來自新北市的淡水。

川上友美：そこで生まれたんですか。
你在淡水出生的嗎？

関俊傑：いや、僕は台湾南部の台南出身で、台南生まれ台南育ちです。数年前に、引っ越してきたんです。
不是的，我出生於南台灣的台南，我從小就在台南長大，幾年前才搬過來住。

川上友美：ということは、台南は俊傑さんの故郷なんですね。
換句話說，台南就是你的老家囉！

関俊傑：そうですね。
可以這麼說。

川上友美：じゃ、故郷のもので一番懐かしいものは何ですか。
那麼，你最懷念故鄉的什麼東西？

関俊傑：おいしい食べ物と歴史のある名所かな。
應該是美食和歷史名勝古蹟吧！

川上友美：時々故郷に帰るんですか。
你有時也會回去老家吧？

関俊傑：うん、この頃忙しいけど、月に一度ぐらいは台南に帰って親戚や友達に会いに行くんですよ。
嗯，我現在雖然很忙，但我仍然每個月回去一次拜訪台南的親朋好友。

川上友美：いつか台南に行きたいな。その時は案内してもらえますか。
我也好想去台南看看，可以請你當我的嚮導嗎？

関俊傑：もちろん。喜んで。朋美さんは、東京のどこから来たんですか。何か有名なものがありますか。
當然可以，我很樂意。那妳呢，朋美？妳來自東京的哪裡？那裡有什麼特色？

川上友美：千代田区の永田町に住んでいるんです。永田町というのは、国会議事堂等の官庁があって、日本の政治・行政の中心なんです。
我住在千代田區的永田町。永田町有國會議事堂等政府機關，是日本的政治、行政中心。

関俊傑：へえ、そうなんですか。
哦，原來如此。

故鄉	ふるさと	（2/名）	故鄉
田舍	いなか	（0/名）	鄉下
～連れ	～づれ	（0/接尾）	帶著（什麼人）一起
誇り	ほこり	（0/名）	光榮，自豪
原住民	げんじゅうみん	（3/名）	原住民
母語	ぼご	（1/名）	母語
曾祖父	そうそふ	（3,1/名）	曾祖父
農家	のうか	（1/名）	農家
営む	いとなむ	（3/他五）	經營
生まれ育ち	うまれそだち	（0/名）	出生長大
懐かしい	なつかしい	（4/形）	懷念的
名所	めいしょ	（0,3/名）	知名景點
国会議事堂	こっかいぎじどう	（0/名）	國會議事堂
案内する	あんないする	（0/他サ）	介紹
官庁	かんちょう	（1/名）	政府機關
行政	ぎょうせい	（0/名）	行政
グルメ	法語: gourmet	（1/名）	美食（家）
名勝旧跡	めいしょうきゅうせき	（0/名）	名勝古蹟
名物	めいぶつ	（1/名）	當地特有的景色、食物
隣町	となりまち	（3/名）	隔壁市鎮

原來如此！

日本人
如何形容外表

　　形容一個人很苗條，可以用「細<small>ほそ</small>い」、「スリム」、「スマート」來形容。「スリム」、「スマート」來自英文中的「slim」與「smart」。但是請注意喔，其實「スマート」原來並不是英文「聰明」的意思，而是形容「身材窈窕」。

　　而形容一個人胖，可以用「太<small>ふと</small>っている」及「ぽっちゃりしている」。「ぽっちゃりしている」帶有豐滿、可愛的感覺（例如形容小嬰兒），是比較正面的形容用語。不過千萬記得，可別直截了當的形容對方是胖是瘦，這在日本人的社會中是極為失禮的。

私はひどい近眼なので、コンタクトレンズをしています。

我近視很深所以戴著隱形眼鏡。

私は中学時代から、メガネをかけています。

我從國中就開始戴眼鏡了。

私は自分で髪をシャンパンブラウンに染めました。

我自己把頭髮染成香檳棕色。

先日、私は海へ泳ぎに行って、日焼けしました。

前幾天我去海邊游泳曬黑了。

私は年のわりには背が低くありませんか。

就我的年紀而言，我是否太矮小了一點？

私の身長からすると、標準体重はどのぐらいですか。

根據我的身高來看，我的標準體重應該是多少？

私の靴のサイズは七号です。

我穿7號鞋。

私は黒い髪で、ブラウンの瞳で鷲鼻です。

我是黑髮，棕色的眼睛和鷹勾鼻。

私は四十歳を過ぎた頃から、髪の毛がどんどん薄くなってきました。

我過了40歲之後，頭髮就越來越稀疏了。

私は五十歳を過ぎた頃から、髪の毛が白くなり始めました。

50歲之後，我就開始有白頭髮了。

私は十二歳の時にはもう百七十センチくらいまで背が伸びました。

我12歲時，身高就有170幾公分了。

川上友美：俊傑の身長と体重はどのぐらいですか。

俊傑，你的身高體重是多少？

関俊傑：僕の身長は百七十八センチです。体重は先月は七十五キロだったんですけど、最近急に太って、七十九キロになったんです。

我的身高是178公分。體重的話，上個月我只有75公斤，但最近突然胖了很多，已經79公斤了。

川上友美：うわ、ちょっと運動しなきゃいけないですね。

哇，看來你要多運動了。

関俊傑：そうですね。若いのにちょっと太りすぎかな。運動以外に何かいいダイエットはないんですか。

對啊。就一個年輕人而言，我是有點胖。除了運動之外，有什麼比較好的減肥方法？

川上友美：うん、ご飯は決まった時間に決まった量食べて、野菜と果物中心の食生活をすれば、痩せると思いますよ。

嗯，除了飲食定時定量之外，我想平時只要多吃一點蔬菜跟水果，應該就會瘦喔！

関俊傑：ありがとう。ちょっと試してみますよ。

謝啦！我來試試看吧！！

細い	ほそい	（2/形）	瘦的；苗條的
スリム	slim	（1/形動ダ）	體型苗條
スマート	smart	（2/形動ダ）	苗條
太る	ふとる	（2/自五）	發胖
ぽっちゃり		（3/副）	豐滿；福態
近眼	きんがん	（0/名）	近視
コンタクトレンズ	contact lens	（6/名）	隱形眼鏡
髪を染める	かみをそめる		染頭髮
日焼け	ひやけ	（0/名,自サ）	曬黑
割に	わりに	（0/副）	比一般的還……；格外地
背	せ	（1/名）	個子；身高
身長	しんちょう	（0/名）	身高
体重	たいじゅう	（0/名）	體重
瞳	ひとみ	（0/名）	眼珠
鷲鼻	わしばな	（0/名）	鷹勾鼻
若者	わかもの	（0/名）	年輕人
ダイエット	diet	（1/名,他サ）	減肥
食生活	しょくせいかつ	（3/名）	飲食習慣
痩せる	やせる	（0/自下一）	變瘦
試す	ためす	（2/他五）	嘗試

05

性格
せいかく

原來如此！

日本人的個性
關東vs.關西

　　關東人與關西人雖然同樣是日本人，但是在個性（性
格）跟作風（やり方）上卻大相逕庭。一般來說，關東人
給人的印象比較一板一眼（几帳面、きちんとしている），
而關西人較為樂天派（楽天的）、熱情（情熱的）。因為
個性上的差異，也有關東人與關西人互相看不順眼的狀
況。例如：關東人認為關西人性急（せっかち）、得過且
過（いい加減）、情緒化（気分屋）。而關西人認為關東
人冷漠（冷たい）、囂張跋扈（威張ってる）。當然，這
只是一般的說法，不能一概而論。

私は陽気な性格だと思います。
我的個性相當外向。

彼は性格が気まぐれでセンシティブだとよく言われます。
他常被人說情緒化且多愁善感。

私は内気な性格ですが、友達のことはとても大切にします。
我相當內向，但我很重朋友。

男の人って無神経な人が多いと思いますか。でも彼はその例外だと言えます。
你以為男人就比較粗心大意嗎？他就是個例外。

私はプライドが高そうな人間に見えるかもしれませんが、時には自分に自信を持つことも大事だと思います。
我給別人的印象也許是太自負了，但是對自己有信心也是很重要的。

私は自立心が高くて一人でいるのが好きです。
我個性獨立且喜歡獨處。

彼は素直で頼りがいがあると言われます。
他個性坦率且值得信任。

私はどんな困難に対しても、辛抱強いです。
我不管遇到什麼困難，都很有耐心地面對。

関俊傑：自分はどんな性格だと思いますか。陽気なタイプですか。或いは内気なタイプですか。
妳覺得自己是怎麼樣的一個人？外向還是內向的？

川上友美：臆病な性格だと思いますよ。
我認為我是比較害羞的。

関俊傑：じゃ、自分と性格が全然違う人と、どうやって接しているんですか。
那妳怎麼和那些個性和妳不同的人相處呢？

川上友美：できるだけ受け入れるように頑張っているんですよ。
我想我會努力使自己融入他們。

関俊傑：友美は優しくて思いやりのある女性だと思いますよ。
我覺得妳是一位隨和且善體人意的女生。

川上友美：褒めてくれてありがとう。俊傑はどうですか。
謝謝你的讚美。那你呢，俊傑？

関俊傑：友達からは明るく活発で楽観的な性格だと言われるんですけど。
我朋友都認為我相當開朗、活潑而且樂觀。

川上友美：確かにね。俊傑は朗らかで、社交的な感じがしますよ。

的確。我也覺得你很開朗而且喜歡交朋友。

関俊傑：そう。頼りがいのある人と言われるようになりたいんです。

是啊。我也希望自己是可以信賴的人。

川上友美：私はいつも無口で、人前で話をしたりする事が苦手で、すぐに顔が赤くなるんです。それに、人の影響を受けやすいんです。

我的話不多，而且每當一上台說話就臉紅。此外，我很容易受到別人影響。

関俊傑：大丈夫ですよ。人前で話すことに慣れたらどんどんうまくなるでしょう。

沒關係啦，習慣之後會漸漸改善的。

川上友美：もしできたらいいな。

希望是這樣。

やり方	やりかた	（0/名）	作風
几帳面	きちょうめん	（4/形動ダ）	一板一眼
きちんと		（2/副,他サ）	準確；整齊
せっかち		（1/名,形動ダ）	性急的
いい加減	いいかげん	（0/形動ダ）	馬虎；不可靠
気分屋	きぶんや	（0/名）	情緒化的人
威張る	いばる	（2/自五）	跋扈；驕傲；擺架子
陽気	ようき	（0/形動ダ）	外向
気まぐれ	きまぐれ	（0/形動ダ）	情緒化
センシティブ	sensitive	（1/形動ダ）	多愁善感
内気	うちき	（0/形動ダ）	內向
無神経	むしんけい	（2/形動ダ）	神經大條
与える	あたえる	（0/他下一）	給予
プライド	pride	（0/名）	自尊
自立心	じりつしん	（3/名）	獨立的個性
素直	すなお	（1/形動ダ）	坦率的
頼りがいのある	たよりがいのある		可靠的
辛抱強い	しんぼうづよい	（6/形）	有耐心的
接する	せっする	（3,0/自他サ）	接待；靠近
臆病	おくびょう	（3/形動ダ）	害羞；膽小
受け入れる	うけいれる	（4/他下一）	接受

思いやり	おもいやり	（0/名）	體諒
褒める	ほめる	（2/他下一）	讚美
朗らか	ほがらか	（2/形動ダ）	開朗的
無口	むくち	（1/形動ダ）	沉默的
苦手	にがて	（0,3/形動ダ）	不擅長的

原來如此！
身體不適的
日語用法

表達「**身體不適**」狀況的日語慣用句：

* 頭が痛い　　　　　　　　　▶頭痛
* めまいがする　　　　　　　▶頭暈
* 頭がずきずきする　　　　　▶頭隱隱作痛
* 顔色が悪い　　　　　　　　▶面有菜色；臉色不好
* 声がかれている　　　　　　▶聲音沙啞
* 熱が出た　　　　　　　　　▶發燒
* 下痢している　　　　　　　▶腹瀉
* おなかが痛い　　　　　　　▶肚子痛
* 吐き気・嘔吐する　　　　　▶噁心；嘔吐
* ちょっと寒気がする　　　　▶畏寒
* 肩が凝る　　　　　　　　　▶肩膀僵硬
* 発疹が出た　　　　　　　　▶出疹子
* かゆみがある　　　　　　　▶皮膚癢
* むくんでいる　　　　　　　▶水腫
* 足が痺れる　　　　　　　　▶腳麻

体調がとてもいいです。
我的身體狀況很好。

今日は少し体の具合が悪いみたいです。
我今天覺得不太舒服。

私はいつもくしゃみが出ます。
我老是打噴嚏。

吐きそうです。
我很想吐。

ずいぶん前から気分が悪かったんです。
我已經不舒服很久了。

治療より予防が大切です。
預防勝於治療。

晴れの日も雨の日も、毎日午後に３０分のジョギング
をしています。
無論晴天或下雨，我每天下午都會慢跑半個小時。

私は自宅の階段から落ちて右の脚が折れました。
我從家裡的樓梯跌下來，摔斷了右腿。

私はひどい風邪を引いて、一週間ほど寝込んでいました。

我得了重感冒，在床上躺了快一星期。

私は国民健康保険に加入していますが、医療費については一部負担が必要です。

雖然我有全民健保，但我還是必須給付一些醫藥費。

この頃は体調が良くないので、ハイキングで体調を整えたいと思います。

我最近身體不太好，所以想爬爬山來強健體質。

関 俊傑：友美さん、何かあったんですか。ちょっと顔色悪いですよ。

友美，妳還好吧？臉色有點不太好看。

川上友美：ちょっと体調が良くなくて。

我不太舒服耶。

関 俊傑：大丈夫ですか。

怎麼了？

川上友美：先日風邪を引いちゃって、今、熱は下がったんだけど、咳が止まらなくて。

我幾天前感冒，雖然現在燒退了，但是還是咳不停。

関 俊傑：病院へ行ったほうがいいですよ。

妳最好去看一下醫生。

川上友美：お医者さんに診察してもらったんですけど頭がガンガンしているんです。

看過了，但頭還是痛得不得了。

関 俊傑：お医者さんは何て言ってました？

醫生怎麼說？

川上友美：なるべくたくさん水分を取って、しばらくゆっくり休みなさいって言われたんですけど。

醫生告訴我要多喝水，並且多休息幾天。

関俊傑：薬は飲まなくていいんですか。
不需要吃藥嗎？

川上友美：いいえ、薬は一日三回、食後に一錠飲めって言われたんですけど。俊傑は？
要啊！我必需每天3餐飯後吃一次藥。那你呢？俊傑。

関俊傑：僕はあんまり風邪を引かないんですよ、バカは風邪を引かないっていいますし。
我不太容易感冒的，人家都說笨蛋不會感冒嘛！

川上友美：本当にいいね、俊傑は。
你真是個幸運兒。

関俊傑：そんなことないよ。そういえば、友美さんはこれでしばらくアルバイトに行けなくなるでしょう。僕が友美さんの代わりに行きましょうか。
沒這回事啦。對了，這麼一來妳暫時沒辦法去打工了吧？我去幫妳代班吧！

川上友美：本当に。助かります。でも、本当にいいの。嬉しいけど……。
真的嗎？你真是幫了我一個大忙。不過這樣你真的OK嗎？

関 俊傑：ハハハ。別に大したことではないよ。今はまず休養して、ゆっくり体を休めなければなりません。早く良くなってくださいね。

哈哈哈。這又不是什麼了不起的事。首先妳要先好好休養，讓身體充分休息，就會早日康復。

川上友美：ありがとう。

謝謝。

体調	たいちょう	（0/名）	身體狀況
具合	ぐあい	（0/名）	狀況
くしゃみ		（2/名）	噴嚏
吐き気	はきけ	（3/名）	噁心；想吐
ずいぶん		（1/副）	非常地
治療	ちりょう	（0/名,他サ）	治療
予防	よぼう	（0/名,他サ）	預防
大切	たいせつ	（0/形動ダ）	重要的
気分	きぶん	（1/名）	（常指身體方面）心情、感覺
ジョギング	jogging	（0/名）	慢跑
階段	かいだん	（0/名）	樓梯
折れる	おれる	（2/自下一）	折斷；折彎
錠	じょう	（1/0/名,數助詞）	藥片；錠
風邪	かぜ	（0/名）	感冒
寝込む	ねこむ	（2/自五）	昏睡
整える	ととのえる	（4,3/他下一）	調整；整頓
下がる	さがる	（2/自五）	下降；降低
しばらく		（2/副,自サ）	一會兒
代わり	かわり	（0/名）	代替；代理

家族メンバー

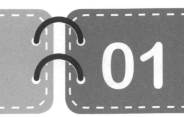

01

日本人的
家庭組成

　　現今的日本社會多為小家庭（核家族），即夫妻和未婚子女們同住。

　　如果家中的小孩只有男生，彼此便稱為「兄弟」；只有女生則為「姉妹」。

　　如果是男女生皆有的情況，雖然也有「兄妹、姉弟」的用法，但一般兄弟姊妹都通稱為「兄弟」。家中的排行大致分為：

- 老大　　　　▶長男・長女
- 老二　　　　▶次男・次女
- 老三～　　　▶三男・三女
- 老么　　　　▶末っ子
- 獨生子女　　▶一人っ子
- 中間的孩子　▶真ん中の子

私は何ヶ月も兄に会っていないんです。

我已經有好幾個月沒見到大哥了。

うちの家族は新年と中秋節の年に二回、集まります。

我們每年2次在過年和中秋節時，全家團聚。

私の兄は先月に結納をすることになって、姉は去年、医者と結婚しました。

我哥哥上個月剛訂婚，而姊姊去年嫁給了一位醫生。

うちの兄弟は年が二歳ずつ離れています。

我們兄弟姊妹之間年紀都相差2歲。

私は一人っ子です。

我是獨生子（女）。

うちの妹とは六歳差です。

我妹妹和我相差了6歲。

私たちは双子の兄弟です。

我們是雙胞胎兄弟。

うちの兄は私よりひとつ年上です。

我哥哥只比我大1歲。

私は（長男）長女で、二人の弟がいます。

我是老大，我還有兩個弟弟。

私は次男（次女）で、二つ上の姉がいます。

我是老二，有一個姊姊比我大兩歲。

横沢哲也：楊さんは何人家族ですか。
妳們家中有哪些人呢？

楊雅婷：うちは九人の大家族で、祖父母、父と母、兄、姉、弟、妹がいます。
我們家是個9人的大家庭，包括我的祖父母、父母、1個哥哥、1個姊姊、1個弟弟、1個妹妹和我。

横沢哲也：うわ、本当に大家族ですね。お祖父さんとお祖母さんはお元気でいらっしゃいますか。
哇，真是個龐大的家庭！那您祖父母身體還健康吧？

楊雅婷：はい。おかげさまで元気です。もう七十歳を超えているんで、10年ほど前に定年退職しました。
託你的福，他們都已經70幾歲而且退休差不多10年了。

横沢哲也：じゃ、ご両親はご家族のために、お仕事を頑張っていらっしゃるんでしょう。
那妳的父母一定非常努力工作照顧全家人吧！

楊雅婷：そうですね。父は建築会社に勤める建築士で、母は主婦です。
沒錯。我的父親是建設公司的建築師，而我的母親是位家庭主婦。

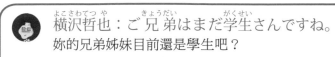

横沢哲也：ご兄弟はまだ学生さんですね。
妳的兄弟姊妹目前還是學生吧？

楊雅婷：兄は弁護士で、姉は看護士、弟と妹は中学生です。
我大哥是律師，姊姊是位護士，而我的弟妹都是國中生。

mp3 12-01-3

核家族	かくかぞく	（3/名）	小家庭
姉妹	しまい	（1/名）	姊妹
長男	ちょうなん	（1,3/名）	長男
真ん中	まんなか	（0/名）	正中間；中央
末っ子	すえっこ	（0/名）	么子（或么女）
一人っ子	ひとりっこ	（3/名）	獨子
結納	ゆいのう	（0/名）	訂婚
嫁	よめ	（0/名）	新娘；媳婦
双子	ふたご	（0/名）	雙胞胎
いらっしゃる		（4/自五）	「いる、おる」的尊敬語
定年退職	ていねんたいしょく	（5/名）	退休
面倒を見る	めんどうをみる		照顧
こつこつ		（1/副）	認真勤奮的樣子
建築士	けんちくし	（4/名）	建築師
弁護士	べんごし	（3/名）	律師
看護婦	かんごふ	（3/名）	護士
中学生	ちゅうがくせい	（3,4/名）	國中生

Chapter 2_2　住家
住所
じゅうしょ

私は台北市の真ん中近くに住んでいます。

我住在靠近台北市中心的地方。

私は毎日ＭＲＴに乗って通勤しています。

我每天搭乘捷運上班。

私の家の周りはとても静かです。

我們住家環境十分幽靜。

私の家は丘の上に立っていて、家の前には小さい川が
流れています。

我家位於一座山丘上，門前有小河流過。

私は近郊の海を臨む別荘に住んでいました。

我以前住在市郊面海的一棟別墅。

私の家は冬は暖かく、夏は涼しいです。

我的家冬暖夏涼。

私の家から五分ほど歩くとコンビニがあります。

從我家只要走5分鐘的距離就有一家便利商店。

私の家の近くにはいろんな観光スポットがあります。

我家附近有很多觀光景點。

私は十二階建てのマンションに住んでいます。

我住在一棟12層樓的公寓裡。

そちらは快適で公園と博物館からさほど離れていない所です。

那是個舒適且離公園和博物館不遠的地方。

私の家の三階は屋上になっています。

我家3樓是透天的。

私の家は外見もインテリアも和式です。

我家外觀和內部裝潢都是純日本式的。

私の家は会社の近くにあるので、今は両親と住んでいます。

我家就在公司附近，所以我現在跟父母住在一起。

横沢哲也：楊さんはどこに住んでいますか。
楊小姐，妳住在哪？

楊雅婷：高雄の近郊に住んでいます。高雄は台湾で二番目の大都市です。
我住在高雄近郊，高雄是台灣第二大都市。

横沢哲也：通勤時間はどのぐらいですか。
妳去上班要多久的時間？

楊雅婷：バイクで十五分ほど駅まで行って、それから電車で二十分ほどで高雄市内に着きます。
騎15分鐘的機車到車站，再坐20分鐘火車到高雄市區。

横沢哲也：毎日高雄まで通勤しているんですか。
妳每天都通勤到高雄上班嗎？

楊雅婷：そうです。
是的。

横沢哲也：この前、お宅は平屋建てではないって言ってましたよね。
上次有聽妳說過，妳的家不是平房吧？

楊雅婷：そうです。二階建てです。
是呀。我住的是兩層樓的房子。

横沢哲也：きっと広いでしょうね。
那一定很大吧！

楊雅婷：いえそこまでは。部屋は五つあります。二階には三つの部屋があって、一階には二つの部屋があります。
不知道算不算大呢。我家有5個房間，二樓有3間，一樓有2間。

横沢哲也：リビングルームやキッチンも付いてますか。
有客廳和廚房嗎？

楊雅婷：はい、付いてます。そして二人の子供は一人ずつ部屋があって、私は主人と一部屋を共有しています。
是的，都有。此外，我兩個小孩有各自的房間，而我和我先生共用一間。

横沢哲也：快適そうなお住まいですね。
聽起來妳家還滿舒適的喔！

楊雅婷：そうですね。時間があれば、是非、遊びに来てください。
是啊！如果有空的話，別客氣，歡迎你來坐坐！

真ん中	まんなか	（0/名）	正中間
臨む	のぞむ	（0/自五）	面臨
近郊	きんこう	（0/名）	近郊
別荘	べっそう	（3/名）	別墅
コンビニ	convenient store 的簡稱	（0/名）	便利商店
見物	けんぶつ	（0/名,他サ）	參觀
マンション	masion	（1/名）	公寓
快適	かいてき	（0/形動ダ）	舒適
屋上	おくじょう	（0/名）	屋頂
さほど	多與否定句呼應	（0/副）	那麼
外見	がいけん	（0/名）	外觀
インテリア	interior	（3/名）	裝潢
平屋	ひらや	（0/名）	平房
二階建て	にかいだて	（0/名）	二層樓房
部屋	へや	（2/名）	房間
リビングルーム	living room	（5/名）	客廳
キッチン	kitchen	（1/名）	廚房
～ずつ			分別各～
気軽	きがる	（0/形動ダ）	輕鬆地

03

親族
しんぞく

原來如此！
日本人的
親屬關係

　　日本人對於親屬之間的稱謂，跟我們有些類似。以下列出直系親屬（直系親族^{ちょっけいしんぞく}）、旁系親屬（傍系親族^{ぼうけいしんぞく}）、姻親（姻族^{いんぞく}）等三種親屬關係作為比較：

直系親屬（直系親族^{ちょっけいしんぞく}）	旁系親屬（傍系親族^{ぼうけいしんぞく}）	姻親（姻族^{いんぞく}）
曾祖父、曾外公 曽祖父^{そうそふ}	兄弟 兄弟^{きょうだい}	岳父；公公 義父^{ぎふ}
曾祖母、曾外婆 曽祖母^{そうそぼ}	姊妹 姉妹^{しまい}	岳母；婆婆 義母^{ぎぼ}
祖父、外公 祖父^{そふ}	表(堂)兄弟；表(堂) 従兄弟^{いとこ}・従姉妹^{いとこ}	內兄、內弟、連襟、大伯、小叔 義理の兄(弟)^{ぎり あにおとうと}
祖母、外婆 祖母^{そぼ}	伯父；叔父；姑父；姨父；舅父 伯父^{おじ}；叔父^{おじ}	大姑、小姑、大姨子、小姨子 義理の姉(妹)^{ぎり あね いもうと}
父、母 父^{ちち}、母^{はは}	伯母；嬸嬸；姑媽；舅媽 伯母^{おば}；叔母^{おば}	
兒子、女兒 息子^{むすこ}、娘^{むすめ}		
孫子、孫女 孫^{まご}	姪子；姪女 姪^{めい}	
曾孫、曾孫女 曽孫^{ひまご}	外甥；外甥女 甥^{おい}	

叔父は家の近くに住んでいます。

我叔叔就住在我們家附近。

祥子さんは兄に嫁いで、義理の姉になっています。

祥子嫁給了我大哥,成為我的大嫂。

姪御さんは既に婚約しているんじゃないですか。

你的姪子訂過婚了,不是嗎?

私の姪は看護士です。

我的姪女是一位護士。

あの人は私の遠い親戚です。

他是我的遠房親戚。

遠い親戚より近くの他人。

遠親不如近鄰。

この広い世の中に、本当に自分を理解してくれる友がいる限り、天と地のように離れていても、すぐ隣にいるようなものです。

海內存知己,天涯若比鄰。

苦難の時こそ本心が現れます。

患難見真情。

私たちはただの知り合いで、お互いのことをあまり知らないんです。

我們只是泛泛之交，互相並不是很了解。

私たちは古くからの親しい友達なので、何でも話せます。

我們是老朋友了，彼此間幾乎無話不談。

私は友達を作るのが好きで、友達がたくさんいます。

我喜歡交朋友，而且我的朋友非常多。

横沢哲也：すみません、保証人のことですが、ちょっと聞いてもいいですか。
不好意思，關於保證人的事，我可以請教妳嗎？

楊雅婷：はい、何でしょうか。
嗯，什麼事呢？

横沢哲也：楊さんは日本で勉強する時に、誰が保証人になってくれましたか。
你在日本學習期間，有人為妳提供擔保嗎？

楊雅婷：はい、そちらに親しい親戚がいます。私の叔父で、宝石商をしているんです。
是的，在那兒我有一位至親。他是我的叔叔，他是一位珠寶商。

横沢哲也：叔父様はどちらにお住まいですか。
妳叔叔住在哪裡呢？

楊雅婷：家族と一緒に千葉県に住んでいて、もう十年を超えてると思います。今、もう日本国民になっています。
他和家人住在千葉縣。他們已經住在那裡超過10年了，他們現在都是日本國民。

横沢哲也：日本では叔父様以外の親戚がいますか。
除了叔叔之外，妳還有其他親戚在那裡嗎？

楊雅婷：いますよ。私の叔母が神奈川県に住んでいます。
有的，我的小阿姨就住在神奈川縣。

横沢哲也：じゃ、叔父様や叔母様のところに住むおつもりですか。
那妳打算去叔叔家還是阿姨家？

楊雅婷：いいえ。実は、思怡という親友が東京にいて、彼女と同居しようと思っています。
都沒有。我在東京都有一個非常要好的朋友－思怡，暫時先和她住在一起。

横沢哲也：彼女はそちらで何をしていますか。
她在那裡是做什麼的？

楊雅婷：修士号を取得するために、慶応大学大学院の経済学研究科で勉強しています。
她正在慶應大學攻讀經濟學碩士學位。

義理	ぎり	（2/名）	姻親；親屬關係
姪御	めいご	（0,1/名）	姪子
本心	ほんしん	（1,0/名）	真心
淡い	あわい	（2/形）	淡薄的
分かり合える	わかりあえる	（5/動）	互相了解
古い	ふるい	（2/形）	舊的
親友	しんゆう	（0/名）	摯友
作る	つくる	（2/他五）	製作；交（朋友）
たくさん		（0,3/副, 形動ダ）	數量很多
旧友	きゅうゆう	（0/名）	老朋友
保証人	ほしょうにん	（0/名）	保證人
親しい	したしい	（3/形）	親暱的
立派	りっぱ	（0/形動ダ）	體面的；氣派的； 了不起的
同居	どうきょ	（0/自サ）	住在一起
取得	しゅとく	（0/他サ）	取得
修士号	しゅうしごう	（3/名）	碩士學位

PART 2

介紹自己的
經歷和工作

<ruby>学<rt>がくれき</rt></ruby>歴と<ruby>職<rt>しょくれき</rt></ruby>歴について

初・中等教育
しょ　ちゅうとうきょういく

原來如此！

日本的
國、高中教育

　　日本的國小、國中、高中教育大致分為小學（小学校）、中學（中学校）和高中（高等学校），新學年一般都是在四月開始。大部份採「三學期制」，有少部份地區或學校採「二學期制」。

	第一學期	第二學期	第三學期
三學期制	4月~7月	9月~12月	1月~3月
二學期制	4月~9月	10月~3月	

　　暑假時間則不是全國一致（因各地區氣候不太相同），大約是7月中/下旬（中南部）～8月中/下旬（北部）。

　　對學齡前兒童則設有「保育園」及「幼稚園」，幼稚園招收對象為3~5歲幼兒，照顧時間平均為一天4小時。保育園對象則較廣，為1歲以下～學齡前兒童，時間平均為一天8小時。

私 は 小 学 校 入 学 前 に 、 幼 稚 園 に 二 年 間 通 いました。
我上小學前唸了2年的幼稚園。

毎 日 、 午 前 と 午 後 に 通 園 バスで 通 いました。
每天（上課、下課）都坐校車上下學。

小 学 生 の 頃 に 、 毎 日 歩 いて 学 校 へ 通 っていました。
當我還是小學生的時候，我每天都走路上學。

私 の 家 は 学 校 からちょっと 離 れているので、 寮 生 活 を
送 っていました。
因為我家離學校有一段距離，所以我曾經是個寄宿生。

私 は 十 五 歳 で 中 学 三 年 を 修 了 しました。
我在15歲那年讀完了3年國中。

まだ 中 学 生 の 頃 に 、 学 校 で 昼 食 を 食 べていました。
當我還讀國中時，我都在學校吃午餐。

学 校 で 学 級 委 員 長 を 担 当 することになった 時 、 良 いリ
ーダーになれるコツを 学 びました。
在學校當班長的時候，我學到如何成為一位好的領導者。

劉子維：昔、幼稚園に通ったことがありますか。
妳以前曾經上過幼稚園嗎？

榎本百恵：はい、五歳の時に幼稚園に通っていました。
是的，我5歲時就上幼稚園了。

劉子維：その幼稚園はどうでしたか。
那妳覺得那所幼稚園如何？

榎本百恵：う～ん、あまりに幼かったので、すべてを覚えているわけではないのですが、美味しいおやつがあったことは覚えています。
喔，當時我年紀太小了，雖然記不得全部的細節，但記得有好吃的點心。

劉子維：私もあまり覚えていません。ちなみに、台湾の義務教育をご存知ですか。
我也記不得了。對了，妳瞭解台灣的國民義務教育嗎？

榎本百恵：知ってますよ。前に聞いたことがありますが、でも、よくは知りません。教えてもらえますか。
知道啊，我以前曾聽過一次，但我仍然不是十分了解，可以為我說明一下嗎？

劉子維：もちろん。九年の初等・中等教育――
六年の小学校教育と三年の中学校教育を受けるの
は台湾の国民の権利と義務です。

沒問題。接受9年的初等和中等教育，也就是6年國小與3年
國中教育，是台灣人民的權利和義務。

榎本百惠：そうですか。日本の教育体制にちょっと
似ていると思います。じゃ、就学前教育は含まれ
ていますか。

我懂了。聽起來和日本的教育體制有些相似。那麼，學齡
前教育也算在內嗎？

劉子維：もちろんありません。しかし近頃では、政
府が十二年の国民義務教育政策を行うことを決定
しました。つまり、将来の台湾の学生はもっと高等
教育が受けられます。

當然沒有。但是，近來政府已制定了12年國民義務教育的
政策。也就是說，將來台灣的學生可以接受更高等的教
育。

榎本百惠：良かったですね。その時、台湾の子供は
高校生になる前に、様々な試験の苦痛に堪えなくて
もよくなるんですね。

太好了！到那個時候，台灣的小孩在高中之前，就不用再
飽受考試之苦了。

mp3 21-01-3

保育園	ほいくえん	（3/名）	（日本的育兒設施）保育園
幼稚園	ようちえん	（3/名）	幼稚園
通う	かよう	（0/自五）	通學
通園（学）バス	つうえん（がく）バス	（5/名）	校車
離れる	はなれる	（3/自下一）	距離；遠離
寮	りょう	（1/名）	宿舍
修了	しゅうりょう	（0/名, 自他サ）	修完；學完（課程）
昼飯	ちゅうしょく	（0/名）	午餐
学級委員長	がっきゅういいんちょう	（6/名）	班長
担当	たんとうする	（0/他サ）	負責、擔任
リーダー	leader	（1/名）	領導者
コツ		（0/名）	要領；竅門
幼い	おさない	（3/形）	年幼的
覚える	おぼえる	（3/他下一）	記得
聞く	きく	（0/他五）	聽到；問
似る	にる	（0/自五）	相似
堪える	たえる	（2/自下一）	忍受

高等教育
こうとうきょういく

原來如此！

日本的
高等教育

　　日本高等教育可分為：專門學校（専門学校）、一般大學（大学）、短期大學（短期大学）、研究所（大学院）。以上的畢業生則授予「学士」、「短期大学士」、「修士」學位。最高學位則為「博士」。

　　教職則大致分為一般老師（教師）、講師（講師）、教授（教授）、副教授（准教授）等。在日本，一般對於老師及專業人士（律師、會計師等）皆尊稱為「先生」。

高等教育	日文名稱	學習內容	畢業授予之學位
專門學校	専門学校 せんもんがっこう	目的在培養社會、經濟方面的高階專業人才，取得不同技能資格，如建築士、汽車修理技師、翻譯……等。	専門士 せんもんし
一般大學	大学 だいがく	和台灣的四年制大學類似，較重視理論以及學術上的傳授	学士 がくし
短期大學	短期大学 たんきだいがく	提供實用的專業教育，以社會、家政、教育、文學科系為主。著重職場及實際生活必備能力的培養。	短期大 学士 たんきだいがくし
研究所	大学院 だいがくいん	也就是台灣所說的碩士，較偏重理論面，畢業也需要寫論文。	修士 しゅうし
博士	博士後期課程 はかせこうきかてい	銜接在博士前期課程後面的更進一步的學術領域。修業年限一般為3年。	博士 はかせ

私は大学卒業後、国立台湾大学大学院に合格しました。

大學畢業後，我考上了國立台灣大學的研究所。

私の学校は総合的な大学で、二十一学科で五つの学部があります。

我的學校是一所綜合性大學，總共包括了5所學院的21個科系。

私の大学は充実した教授陣が特徴です。

我們大學以教授陣容堅強著稱。

我々の学科には教授五名、准教授八名、講師十名と助手七名がいます。

我們系上有5位教授，8位副教授，10位講師以及7位助教。

私の大学の研究業績は世界中で高い評価を得ています。

我們大學的研究工作享譽全世界。

指導教授は週に二回のゼミに出席することを学生に要求しています。

指導教授要求我們每週開兩次研討會。

私の教授はとても有名な日本語教育の専門家で、この分野で何冊も本を出版しています。

我的教授是很知名的日語教學專家，在這方面出版了好幾本書。

劉子維：こんにちは。榎本さんは台湾に留学したことがありますね。

嗨，榎本小姐，妳曾經在台灣留學吧？

榎本百恵：そうです。私は台湾師範大学を卒業しました。学校は台北市の繁華街にあります。

是的。我畢業於台灣師範大學，學校位於台北市的鬧區。

劉子維：そうですか。私の学校から相当離れていますね。私は台南の成功大学の卒業生です。榎本さんはいつから大学で勉強し始めたんですか。

喔，離我的學校蠻遠的。我畢業於台南的成功大學。那妳是什麼時候唸大學的？

榎本百恵：２００６年に入学し、２０１０年に卒業しました。劉さんは。

我2006入學，2010年畢業。那你呢？

劉子維：私は二年で学士号を取りました。

我花了兩年就拿到我的學士學位了。

榎本百恵：どうしてですか。

為什麼？

劉子維：実は、五年制の専門学校を修了してから、編入して大学三年生になったんです。

事實上，我是先唸完了五專，接著再插大唸大三。

榎本百恵：なるほど。じゃ、専門学校と大学での専攻は同じですか。
原來如此。那你五專和大學的主修都一樣囉？

劉子維：そうですよ。榎本さんの専攻は何ですか。
沒錯。對了，妳的主修是什麼？

榎本百恵：日本語教育を専攻しています。
我的主修是日語教育。

劉子維：いいですね。私は電気工学専攻です。前に聞いたことがありますが、師範大学の学費は通常の大学より半分近く安くなっているそうですね。
不錯啊！我的主修是電機工程。我聽說師範大學的學費比一般大學便宜了一半是嗎？

榎本百恵：それはそうですけど、卒業後に1年間実習をすることが規定とされているんですよ。
是沒錯，但是我們畢業後還需要實習一年。

短期大学	たんきだいがく	（4/名）	短期大學
准教授	じゅんきょうじゅ	（3/名）	副教授
学部	がくぶ	（0,1/名）	綜合性大學的院系
陣	じん	（1/名）	陣勢；陣容
卒業	そつぎょう	（0/名,自サ）	畢業
合格	ごうかく	（0/名,自サ）	及格、考上
特徴	とくちょう	（0/名）	特色
ゼミ	seminar	（1/名）	研討會；研習會（ゼミナール的簡稱）
分野	ぶんや	（1/名）	領域
繁華街	はんかがい	（3/名）	鬧區
修了	しゅうりょう	（0/名,自他サ）	修完課程
編入	へんにゅう	（0/自サ）	編入；插入
僅か	わずか	（1/副）	僅只
學士号	がくしごう	（3/名）	學士學位
専攻	せんこう	（0/名,他サ）	主修
工学	こうがく	（0/名）	工程學

今、何年生ですか。
いま　なんねんせい

你現在幾年級？

………………………………………………………

私は数学学科の新入生です。
わたし　すうがくがっか　しんにゅうせい

我是數學系的新生。

………………………………………………………

私は機械工学を専攻している学生です。
わたし　きかいこうがく　せんこう　がくせい

我是主修機械工程的學生。

………………………………………………………

私は経済学を専攻しています。
わたし　けいざいがく　せんこう

我主修經濟學。

………………………………………………………

私は生物学科の卒業生です
わたし　せいぶつがっか　そつぎょうせい

我是生物系的畢業生。

………………………………………………………

私は専攻を化学にしました。
わたし　せんこう　かがく

我選擇了化學作為我的專業科目。

………………………………………………………

私はアメリカで経営学修士号（ＭＢＡ=エム・ビー・エー）を取得しました。

我在美國拿到企管碩士學位。

試験に合格したら、卒業証書がもらえます。

如果我考試及格，就可以拿到畢業證書。

私はマサチューセッツ工科大学のコンピューター・サイエンス博士号を取得するつもりです。

我打算攻讀麻省理工學院的電腦博士學位。

私はケンブリッジ大学で言語学の博士号を取得しました。

我擁有劍橋大學語言學博士的學位。

物理は私が一番好きな学科（科目）です。

物理是我最喜歡的學科。

私は文学の修士号を取ったばかりです。

我剛拿到文學碩士文憑。

筒井健二：藤原さんはいつ大学に入学したんですか？

藤原，妳是什麼時候唸大學的？

藤原里香：去年の九月です。

去年9月。

筒井健二：じゃ、来学期からは二年生になりますね。

那下學期妳就升上二年級了。

藤原里香：そうです。期末試験にパスしたので、もうすぐ二年生です。

沒錯。我期末考已經過了，就要升上大二了。

筒井健二：おめでとう！新学期にはどんなことを勉強したいですか。

恭喜！對於新學期妳有任何讀書計畫嗎？

藤原里香：ええ、来学期は三つの必修科目と幾つかの選択科目を履修しようと思います。筒井さん、私達が卒業するのに必要な単位数はどのくらいですか。

嗯，下個學期我大概會選三門必修課和幾門選修課。在畢業之前，你知道我們還要修多少學分嗎？

筒井健二：学科によって、必要な単位数も違いますね。私の場合は、百二十単位の必修科目と二十四単位以上の選択科目を履修しなければなりません。
隨著科系的不同會有所差異。像我的話，必須修完120個必修學分和至少24個選修學分後才能畢業。

藤原里香：あと何単位残っていますか。
你還有幾個學分沒修完？

筒井健二：二十単位くらいです。来年卒業しますから。
大概20個。明年我就要畢業了。

藤原里香：だから、私より卒業単位を気にしてるんですね。将来はどんなことをしてみたいですか。
難怪你比我更在乎畢業學分。對於未來你有什麼計畫嗎？

筒井健二：今は来年の大学院入学試験を準備しています。
我現在正在準備明年的研究所入學考試。

藤原里香：すごいですね。何を勉強したいんですか。
真厲害！那你打算唸什麼呢？

筒井健二（つついけんじ）：私（わたし）は応用数学（おうようすうがく）に 興味（きょうみ）があるんです。それと、二年内（にねんない）に理科（りか）の 修士号（しゅうしごう）を取（と）りたいと考（かんが）えています。

我對應用數學很有興趣，而且我希望能在兩年之內得到理科碩士學位。

藤原里香（ふじわらりか）：うまくいくといいですね。

祝你好運！

新入生	しんにゅうせい	（3/名）	新生
卒業生	そつぎょうせい	（3/名）	畢業生
学科	がっか	（0/名）	科系
機械工学	きかいこうがく	（4/名）	機械工程
卒業証書	そつぎょうしょうしょ	（5/名）	畢業證書
博士号	はかせごう	（3/名）	博士學位
もらう		（0/他五）	取得
選択科目	せんたくかもく	（5/名）	選修科目
来学期	らいがっき	（3/名）	下學期
期末	きまつ	（0/名）	期末
履修	りしゅう	（0/名,他サ）	修習
単位	たんい	（1/名）	學分
違う	ちがう	（0/自五）	不同
場合	ばあい	（0/名）	情況
残る	のこる	（2/自五）	剩餘

原來如此！

日本的
圖書館

　　圖書館提供學生及民眾許多便利的服務，常見的功能如下：

- 借閱（貸出し）
- 還書（返却）
- 影印（複写・コピーサービス）
- 預約（リクエスト・予約）
- 自習（学習室の利用）
- 資料查詢（情報サービス・レファレンスサービス）

　　現在大多數的圖書館也有提供：網路查詢、預約（インターネット検索・予約サービス）等服務了。

- 還書箱（本の返却ポスト）
- 借書證（利用者カード）
- 開放時間（あいている時間・開館時間）
- 休館時間（お休みの日・休館日）

これらの新刊を借りてもいいですか？

我可以借這些新的雜誌嗎？

図書館には素晴らしい日本の古典名作があります。

圖書館裡有很棒的日本古典名著。

市の中では、私達の大学は図書館の所蔵冊数が一番多いです。

我們大學的圖書館藏書是本市裡最多的。

『山椒魚』という本を探したいですが、手伝ってもらえませんか？

我在找《山椒魚》這本書，你能幫我找嗎？

これらの本はどのくらいの時間借りられますか？

這些書可以借多久？

期限通りにこれらの小説を返却してください。

請別忘了如期歸還這幾本小說。

経済学に関するいい本を紹介して頂けませんか？

請推薦我幾本經濟學方面的好書好嗎？

この日本語の週刊誌をコピーしてもいいですか？

我可以影印這份日文期刊嗎？

『文芸春秋』最新号がありますか？

你們有最新的《文藝春秋》嗎？

これらの本を借りたいんです。

我想要借這幾本書。

この本は返却期限を一週間過ぎています。

這本書已經逾期一個禮拜。

インターネットの検索方法を教えてください。

請告訴我如何使用電腦查詢。

コピーマシーンはどこにありますか。

影印機在哪？

この本棚にある本はどのようにして探せばいいのですか。

請告訴我如何找書架上的書好嗎？

目次は五十音順に配列しています。

目錄是按五十音字母順序編排的。

夜の時間は、ほとんど学校の図書館で過ごしています。

晚上大部份的時間，我都待在學校的圖書館裡。

雪村レナ：ちょっと学校の図書館を案内して頂けませんか。
你可以帶我參觀一下學校的圖書館嗎？

図書館係員：いいですよ。
沒問題。

雪村レナ：うちの学校の各学部には、それぞれ学部の図書館がありますか。
我們學校的每個學院都有自己的圖書館嗎？

図書館係員：ありますよ。
有的。

雪村レナ：それは学生にとって非常に助かりますね。うちの学部の図書館の蔵書はどのぐらいですか。
這對我們學生來說很有幫助。我們學院圖書館的藏書有多少呢？

図書館係員：三万冊くらいあって、週刊誌・月刊誌は二百種類を超えています。他の学部図書館に比べて小さいですが、こちらの本は本当に読む価値があります。
大約有三萬冊，期刊則超過兩百種。雖然和其他學院的圖書館比起來算小的，可是這裡的書真的很值得一讀。

雪村レナ：夜遅くても返却できますか。
晚上很晚也能還書嗎？

図書館係員：はい、そちらのブックポストをご利用ください。
可以，請利用那邊的還書箱還書。

雪村レナ：個室は。
那麼個人自習室呢？

図書館係員：この図書館は大きくないため、個室は少ないです。でも、二階には読書室があります。
因為這個圖書館並不大，恐怕沒有太多的自習室。不過，二樓有一個閱覽室。

雪村レナ：いいですね。図書館カードの申し込みに必要なものはありますか。
不錯嘛！那麼我要怎麼辦理借書證？

図書館係員：証明写真と学生証があれば申し込めますよ。
只要給我妳的照片和學生證就可以了。

雪村レナ：ここにあります。では、一度に何冊まで借りることができますか。
在這裡。還有，請問一次最多可以借幾本書呢？

図書館係員：本は五冊まで、二週間借りることができます。

最多可借5本，兩個星期內必須還書。

雪村レナ：借りている本の貸出延長はできますか。

書到期後還可以續借嗎？

図書館係員：その本に予約がかかっていない場合、一週間の延長が一回だけできます。貸出延長手続きを行わなければ罰金となります。

如果那本書沒有人預約的話，妳可以續借一次，時間是一個星期。如果沒有辦理續借就會被罰款。

雪村レナ：図書館カードはいつもらえますか。

我何時可以拿到借書證？

図書館係員：数分で出来上がります。暫くお待ちください。

幾分鐘就好了，請在這裡等一會兒。

雪村レナ：はい。お願いします。

好的。麻煩你了。

図書館	としょかん	（2/名）	圖書館
貸し出し	かしだし	（0/名）	借出
返却	へんきゃく	（0/名,他サ）	歸還
複写	ふくしゃ	（0/名,他サ）	複印；複寫
コピー	copy	（1/名,他サ）	影印；拷貝
リクエスト	request	（3/名,他サ）	請求；需求
学習室	がくしゅうしつ	（3/名）	自習室
検索	けんさく	（0/名,他サ）	查詢；檢索
手伝う	てつだう	（3/他五）	幫忙
週刊誌	しゅうかんし	（3/名）	週刊
本棚	ほんだな	（1/名）	書架
配列	はいれつ	（0/名,自サ）	排列；編排
それぞれ		（2,3/名,副）	各自、分別
借りる	かりる	（0/他上一）	借入；租借
貸す	かす	（0/他五）	借出；出租
ブックポスト	book post	（4/名）	還書箱
申し込む	もうしこむ	（4/名）	申請
カード	card	（1/名）	卡；卡片
暫く	しばらく	（2/副）	暫時；一段時間

原來如此！
日本學校裡
的社團

　　日本的學校社團大致分為體育類（体育系）和文化類（文化系）。體育類的有：棒球社（野球部）、籃球社（バスケットボール部）、柔道社（柔道部）、足球社（サッカー部）等。文化類的例如：美術社（美術部）、廣播社（放送部）、管樂社（吹奏楽部）等。

　　常常藉故不出席社團活動的人會被戲稱為「幽靈社員（幽霊部員）」。沒有參加社團的人則會開玩笑說自己參加的是「回家社（帰宅部）」！

分類		社名
体育系	球技系	棒球社、網球社、排球社……等
	武術・武道系	相撲社、柔道社、劍道社……等
	格闘技系	摔角社、拳擊社、跆拳道社……等
	野外活動系	游泳社、滑雪社、登山社……等
文化系	芸術系・芸能系	合唱團、電影社、棋社……等
	学術系・社会系	科學社、辯論社……等
	技術・産業系	電腦社、航空研究社……等

*日本大學以上的社團稱做「サークル」，大學以下的叫做「部活」。

私は大学のサークルで活躍中です。

我在大學的社團中很活躍。

私達の学校は二十個以上の体育系サークルがあります。

我們學校有超過20個體育性社團。

社会福祉サークルから学んだ行政経験から、私は社会性を身に付けることができました。

在公益服務性社團學到的行政經驗，使我懂得如何待人處事。

大学の頃には、日本語の歌のコンテストに参加し、第二位を取りました。

唸大學時，我曾經參加過日語歌唱比賽並且獲得第二名。

私は学生サークルのイベントにとても力を入れています。

我對於學生社團的各項相關活動十分投入。

奨学金で暮らすには足りないので、放課後はアルバイトをしています。

我的獎學金不夠負擔生活開銷，因此我放學後有兼差打工。

私は昔、よく学校の学術講演会に参加していました。

我之前時常到學校聽學術性演講。

外での家賃が高いから、私は学校の寮に住んでいます。

我住在學校宿舍，因為在外面租房子太貴了。

私は被虐待児の救助活動に力を入れています。

我十分熱心於幫助受虐兒童。

課外活動に参加することは人格の成長においてとても重要なことだと思います。。

我認為，參加課外活動對人格的成長是非常重要的。

私は夜間部の学生で、昼間はフルタイムの仕事があります。

我是個夜校生，白天有全職的工作。

小沢悠真：こんにちは。何か悩みでもあるんですか。

嗨。怎麼了？看起來悶悶不樂的。

李思又：来週は学校代表としてテニスの試合に出るんです。

我下個星期要代表學校參加網球比賽。

小沢悠真：いいですね。李さんは絶対いいプレイをするでしょう。

很好啊！你一定會有很好的表現。

李思又：でも、来週は期末試験の週ですね。

但我下星期碰到期末考。

小沢悠真：それは心配ですね。どうするつもりですか。

真糟糕。你打算怎麼辦？

李思又：昼間は授業以外の時間にテニスを練習し、夜は勉強するつもりです。

我會利用白天課餘的時間練習打網球，晚上看書。

小沢悠真：そうですか。その調子で頑張ってくださいね。

太好了。繼續加油！

李思又：ありがとう。元々、今日は徹夜するつもりだったけど、今はすごく眠いんです。
謝啦。我原本打算今晚要熬夜的，但是我現在很睏了。

小沢悠真：濃いコーヒーを飲んだらどうですか。
來杯濃咖啡如何？

李思又：そうですね。小沢さんは。試験はとっくに終わったんでしょう。
好主意。那妳呢，小澤？妳早就考完試了，不是嗎？

小沢悠真：そう、もう終わりました。
是的，我考完了。

李思又：期末試験は何科目受けるんですか。
妳期中考考了幾科？

小沢悠真：五科目です。そのうち二科目は持ち込み可なんですが、それでも心配なんです。
我考了5科，其中兩科是 open book (可以看書的考試)，我很擔心。

李思又：どうして。
為什麼？

小沢悠真：中間試験で失敗して、成績の平均点は５８点だったんです。だから今回は本当に落とされたくないんです。

我期中考考得不理想，我的成績總平均只有58分，我真的不想被當掉。

李思又：大丈夫ですよ。今回はきっといい成績が取れますよ。

別擔心，我相信妳這次一定會考得很好。

小沢悠真：励ましてくれてありがとう。李さんの方は。

謝謝你的鼓勵。那你呢？

李思又：もっと頑張って勉強しなければ、奨学金が取れません。さもないと、学費が高すぎて払えません。

我得用功才能申請獎學金，否則學費太貴了，我負擔不起。

小沢悠真：私達はもっと勉強しないといけないですね。

我想我們都要更用功點。

李思又：ええ、前向きに頑張っていきたいですね。

嗯，我們好好努力吧！

活躍	かつやく	（0/名,自サ）	活躍
社会福祉	しゃかいふくし	（5,4/名）	社會公益
コンテスト	contest	（1/名）	競賽
部活	ぶかつ	（0/名）	（大學以下的）學生社團活動
イベント	event	（0/名）	活動
支払	しはらい	（0/名）	支付
アルバイト	德語：arbeit	（3/名）	打工兼差
家賃	やちん	（1/名）	房租
被虐待児	ひぎゃくたいじ	（4/名）	受虐兒
昼間	ひるま	（3/名）	白天
調子	ちょうし	（0/名）	狀態；勁頭
常勤	じょうきん	（0/名,自サ）	正職工作
試合	しあい	（0/名,自サ）	比賽
プレイ	play	（2/名,他サ）	表演；比賽；活動
徹夜	てつや	（0/名,自サ）	熬夜
つもり		（0/名）	意圖；打算
とっく		（0/名,副）	很早以前
落とす	おとす	（2/他五）	被淘汰；沒有錄取
励ます	はげます	（3/他五）	鼓勵
前向き	まえむき	（0/名形動ダ）	正面地、積極地

私 の日本語がこんなに 上 達したのは、いつも日本人と
仲良くしているからです。

我的日文進步神速，是因為我經常和日本人相處在一起。

私 は日本の立 教 大学で経営学 修 士号を取得しまし
た。

我在日本的立教大學修得企管碩士學位。

全ての読解と論文作成の 宿 題をこなすのは大変 難 しい
ことです。

要跟上所有閱讀和論文作業是很不容易的。

私 の日本の大家さんはとても親切にしてくれました。

我的日本房東對我非常好。

日本にいた 時 のルームメイトとは、まだ連絡を取ってい
ます。

我和當時的日本室友現在仍保持著聯絡。

私は留学前に教授からいろんな専門書を薦められました。

教授在我留學之前，就推薦了我許多專業的書籍。

私は生化学実験から様々な実用知識を得ています。

我從生化實驗中獲得各種實用的知識。

私は仲の良い日本人の同級生がいて、共に読書会を開いて、授業のノートを見せ合っています。

我有一些要好的日本同學，而且我們組成一個讀書會來分享上課筆記。

留学生は時にカルチャーショックに立ち向わなければなりません。

留學生有時必須要面對許多文化上的衝擊。

吉川 翔太：海外留学すると聞きましたけど、申し込みの手続きはどうでしたか。
我聽說妳要出國留學，妳的申請手續辦得怎麼樣了？

周 品楡：二ヶ月前に早稲田大学に申し込み書を提出し、先週向こうから合格通知書が届きました。
兩個月前我向早稻田大學遞交申請書，上星期我收到了他們寄來的合格通知函。

吉川 翔太：おめでとう。では、これからどうするんですか。
恭喜妳了！那接下來妳打算怎麼做呢？

周 品楡：ええ、住む所はもう手配済みですが、パスポートとビザはいつ手に入るかまだ分かりません。
嗯！我的食宿都已經有人幫我安排好了，但是我不知道什麼時候才能夠拿到護照和簽證。

吉川 翔太：一週間か二週間ぐらい必要でしょう。そうだ、早大で何を専攻するのですか。
我想大概要一、兩個星期的時間吧！對了，妳去早大要唸什麼？

周 品楡：コンピューター・サイエンスにとても興味があるんです。
我對電腦科學很有興趣。

吉川 翔太：それはすごいですね。前期は何単位履修するつもりですか？

妳真厲害！妳第一學期要修幾個學分？

周 品榆：私の専攻には七つの必修科目があります。前期は三つの必修科目と幾つかの選択科目を履修しようと思っています。

我的主修有7門必修課。第一個學期我大概會修3個必修課和幾個選修課。

吉川 翔太：一学期あたりの費用はどのくらいかかりますか。

一學期需要多少費用呢？

周 品榆：学期ごとに日本円で百三十万ぐらい払うんですが、その中には授業料とその他の費用が含まれています。

我每學期需繳130萬日幣左右，包括學費和其他費用。

吉川 翔太：わあ、学生にとっては大金ですね。

哇！對一個學生來說，這可是一筆大數目。

周 品榆：だからアルバイトを探しているんですよ。お金の問題は別として、もう一つの問題があります。日本語の教科書に慣れていないんです。

所以我現在要尋找打工的機會。除了金錢的問題之外，還有一個問題——我不習慣讀原文教科書。

吉川翔太：もっと積極的に日本語を話せる人と知り合って、勉強会に参加して、レポートの書き方などを学ぶべきです。

妳應該主動地去認識一些說日語的人，藉由參與讀書會討論功課或學習如何寫報告。

周品楡：いい考えですね。新しいことを学ぶ時、最初の段階が一番苦労しますが、きっと乗り越えられると思います。

好主意！雖然剛開始學習新事物總是最辛苦的，不過我相信我會克服的。

吉川翔太：そうそう、その調子です。私がいつも応援していることを忘れないでくださいね。何であれ、日本に行く前に、送別会を開きましょう。

對呀，就是要這樣！記得我會一直支持妳的。無論如何，去日本之前我們來舉辦個餞別會吧！

周品楡：嬉しい！ありがとうございます。

太棒了！謝謝你。

上達	じょうたつ	（0/名,自サ）	（技藝或學業）進步
仲が良い	なかがよい	（1/形）	感情好的
こなす		（0/他五）	消化；處理完
大家	おおや	（1/名）	房東
ルームメイト	roommate	（4/名）	室友
薦める	すすめる	（0/他下一）	推薦
様々	さまざま	（2/形動ダ）	各式各樣的
分かち合う	わかちあう	（4/他五）	分享
カルチャーショック	culture shock	（5/名）	文化衝擊
立ち向かう	たちむかう	（0,4/自五）	面對
申込書	もうしこみしょ	（0/名）	申請書
手配	てはい	（1/他サ）	安排
パスポート	passport	（3/名）	護照
ビザ	visa	（1/名）	簽證
〜あたり		（造語）	平均〜；每〜
〜ごとに		（接尾）	每〜
乗り越える	のりこえる	（4,3/自下一）	克服；跨越
応援	おうえん	（0/名,他サ）	支持；聲援
送別会	そうべつかい	（3/名）	歡送會

今学期はアルバイトを探さないと、もうすぐお金がなくなってしまいます。

我這學期如果不打工，錢很快就要花光了。

今は暫くの間、ある食品加工工場で働いています。

目前我暫時在一家食品加工廠工作。

大学の頃には、家庭教師のバイトをしていました。

我在唸大學的時候，曾兼職擔任家庭教師。

酒場でのアルバイトも平気です。

我不介意在酒吧裡兼差打工。

今年の夏休みは、三つのアルバイトを探すつもりです。

今年暑假我打算做3份工作。

私はうちの大学の図書館の係員を担当していました。

我以前曾經擔任過大學圖書館的館員。

私のやるべき仕事は、一日中、皿洗いとロビーの掃除です。

我一整天所要做的工作就是：清洗碗盤和打掃大廳。

・・・

私の時給は台湾元でたった七十二元です。

我的時薪只有72塊台幣。

・・・

私は、普段はサラリーマンで休日は学校の聴講生です。

我平常是辦公室職員，假日則會到學校旁聽。

・・・

渡辺正明：神戸ステーキハウスでございます。
神戶牛排館您好。

游愛莉：おはようございます。あの、新聞に掲載されていた貴社のアルバイト募集記事を見て、応募したいと思ったんですが。
先生，您好。我想應徵你們刊登在早報上的工作。

渡辺正明：ああ、分かりました。お名前を伺ってもよろしいですか？
哦，好的。可以請教妳的大名是？

游愛莉：はい、游愛莉と申します。
我叫做游愛莉。

渡辺正明：こんにちは、游さん。アルバイト希望の方ですね。
妳好，游小姐。妳要應徵兼職服務生是吧？

游愛莉：そうです。女性でも大丈夫ですか。
是的。但是你們接受女服務生嗎？

渡辺正明：ええ、性別はどちらでも結構です。これまでに何か似たようなアルバイトの経験がありますか。応募条件の一つは、これまで似たような職場での勤務経験が必要となります。
嗯，男女不拘。妳曾有過類似的工作經驗嗎？這個職務的條件之一是──必須要有相關的工作經驗。

游愛莉：以前、マクドナルドでアルバイトをしていた経験がありますが、勤務年数は三ヶ月しかありません。でも、本当に飲食業に大変興味を持っています。一度面接の機会をいただければありがたいんですが。

我曾經在麥當勞打工過，但是只有3個月。不過我真的對餐飲業很有興趣。是不是可以請你給我一個面試的機會呢？

渡辺正明：では、明日午後三時、履歴書を持って当店へ来てください。

那麼，明天下午3點，請帶著妳的履歷表到本店來。

游愛莉：誠にありがとうございます。

非常感謝您。

働く	はたらく	（0/自五）	工作
家庭教師	かていきょうし	（4/名）	家教
酒場	さかば	（0,3/名）	（日式喝酒的）小酒店
平気	へいき	（0/名,形動ダ）	不在意；沒事
係員	かかりいん	（3/名）	負責人員
べき		（助動）	應該（助動詞「べし」の連体形）
皿洗い	さらあらい	（3/名）	洗碗（的人）
時給	じきゅう	（0/名）	時薪
サラリーマン	(和製英語) salary man	（3/名）	上班族
休日	きゅうじつ	（0/名）	休假日
聴講生	ちょうこうせい	（3/名）	旁聽生
ステーキ	steak	（2/名）	牛排
募集	ぼしゅう	（0/名,他サ）	徵求
応募	おうぼ	（1,0/名,自サ）	應徵
記事	きじ	（1/名）	報導；消息
勤務	きんむ	（1/名,自サ）	工作；職務

常勤の仕事歴
<small>じょうきん　しごとれき</small>

02

來如此！

日語裡
『工作』的說法

關於「工作」的用語及其意義可細分如下：

- 仕事<small>しごと</small>：工作、業務
- 職業<small>しょくぎょう</small>：泛指所有的職業
- ビジネス・商売<small>しょうばい</small>：指以取得利益為目的的工作，尤其指

有關商業方面。

- 專門職・技術家<small>せんもんしょく ぎじゅつか</small>：擁有專業知識及特殊技術的行業，

如醫師、律師、會計師、教師。

- 稼業<small>かぎょう</small>：特別指為了維持生計而從事的工作
- 事務<small>じむ</small>：內勤性質的工作
- 日払い・週払い<small>ひばら しゅうばら</small>：日薪・週薪
- 派遣<small>はけん</small>：人才派遣
- 未経験<small>みけいけん</small>：無經驗
- 新卒<small>しんそつ</small>：應屆畢業
- 自宅開業<small>じたくかいぎょう</small>：在家裡創業

私は今年六月に卒業したばかりなので、まだ定職につけていません。

我今年6月剛畢業，所以還沒找到固定的工作。

私はあるネットカフェに受付として雇われていました。

我曾受雇於一家網路咖啡廳，負責櫃台的工作。

私はこの地域の治安を担当している巡査です。

我是負責這個地區治安的巡警。

私かつては科学者になりたっかたのですが、建築士になりました。

我曾經希望當個科學家，後來卻成為建築師。

私は大学の時に観光を専攻し、卒業してからこの旅行代理店に添乗員として勤めています。

我大學時主修觀光，畢業後就在這家旅行社擔任領隊。

私は著述業に従事して、新聞や雑誌に文章を数多く執筆しています。

我從事寫作工作，在報章雜誌上發表過許多文章。

私はかつてラーメン屋稼業をしていました。

我過去靠賣麵維生。

わたし こうむいん
私 は公務員です。
我是一位公務員。

わたし　ぼうえきがいしゃ　　かいけいかかりいん　　　　　はたら
私 は貿易会社で会計 係 員として 働 いています。
我是一家貿易公司的會計。

わたし　しゅっぱんしゃ　ごねんいじょうつと
私 は 出 版社に五年以 上 勤めていました。
我已經在出版社工作超過5年了。

ふきょう　とき　　　　　　　　　　　　　　さ　　いっぽう
不 況 の時には、たいていレートは下がる一方です。
景氣不好的時候，利率大多呈現下降的趨勢。

面接官：許さん、ちょっとお伺いしたいんですが、何をきっかけに保険業務員に応募されようと思ったんですか。許さんは過去六年の仕事の経験があるから、マネージャーになれるはずなのに。

許小姐，我想請教一下，是什麼原因讓妳決定應徵壽險業務員一職？就我所知，妳過去６年的工作經驗足以讓妳當上經理的。

許雅希：ええ。確かに前の仕事からは大変いい経験を得ましたが、いろんな場数を踏んできてやっと自分が進みたい道が分かったんです。今は、この仕事で人の役に立ちたいと思っています。

是的，我的確從那些工作中獲益良多，但也幸虧過去的經驗，使我發現自己真正想走的路。現在，我很希望藉這個工作幫助更多的人。

面接官：許さんのこの仕事への熱意が高いのは分かりましたが、保険業務員として必要な条件は熱意だけでは足りないんですが。

許小姐，我知道妳相當具有熱忱，但壽險業務員所必備的條件並不僅於此。

許雅希：もちろん、分かっています。でも、不足している分は、私の情熱、勤勉さで補えると思います。

當然，我了解。但我有自信靠著熱情、勤奮以及努力，可以彌補我在這領域不足的經驗。

面接官：今の生活をリセットしても本当に大丈夫ですか。最初の給料が低くても。

妳真的不介意重新開始妳的生活嗎？剛開始的薪水並不高喔！

許雅希：はい。努力すれば、いつかこの状況から抜け出せると信じています。

我瞭解，我相信只要努力，很快就可以改變這種情形的。

面接官：一大決心をされましたね。では、結果は一週間以内にお知らせいたします。

聽起來妳下了很大的決心。好吧，我們會在一週內通知妳結果的。

許雅希：面接のお時間を割いて頂き、誠にありがとうございました。

非常感謝您抽空幫我面試。

定職	ていしょく	（0/名）	固定職業
受付	うけつけ	（0/名,他サ）	櫃台
雇う	やとう	（2/他五）	雇用
巡査	じゅんさ	（0,1/名）	基層警察
旅行代理店	りょこうだいりてん	（6/名）	旅行社
添乗員	てんじょういん	（3/名）	領隊
著述業	ちょじゅつぎょう	（3/名）	文字工作
稼業	かぎょう	（1/名）	謀生的職業
不況	ふきょう	（0/名）	不景氣
レート	rate	（1/名）	利率
一方	いっぽう	（3/名）	傾向；另一方面
きっかけ		（0/名）	契機
マネージャー	manager	（2,0/名）	管理者；經理
場数を踏む	ばかずをふむ		累積經驗
役に立つ	やくにたつ		對～有幫助
熱意	ねつい	（1/名）	熱忱
補う	おぎなう	（3/他五）	補充
リセット	reset	（2/他サ）	重新開始
抜け出す	ぬけだす	（3/他五）	掙脱出來
知らせる	しらせる	（0/他下一）	通知
割く	さく	（1/他五）	勻出；騰出（時間）

第三者への 紹 介 の仕方
だいさんしゃ　　　　しょうかい　　しかた

03

來如此！

社交場合
如何介紹第三人？

* 介紹順序：

通常在介紹雙方認識時，要先將男士介紹給女士，再將
女士介紹給男士。將年輕者介紹給年長者。職位低者先
介紹給職位高者。

* 談話氣氛：

身為介紹人最好能準備一些有互動性的話題，讓被介紹
的雙方能輕鬆交談。被介紹人務必記住對方的姓名，因
為這是尊重對方的表現。

* 名字唸法

如果對方的名字太難唸，或者一時無法聽懂，不要覺得
不好意思，務必請對方再說一次，以便記住正確的姓
名。而且日本人的姓名有時就算字相同，也會有不同的
唸法，這時可以請教對方：お名前はどのように読めばよ
なまえ　　　　　　　　　　　　　　　よ
ろしいでしょうか？（請問您的名字怎麼唸？）

この子は私の親友の遥です。同じ学校の出身です。

這是我最要好的朋友——小遥，我們唸同一所學校的。

古川さんに会ったことがありますか。

你見過古川先生了嗎？

前田さんを紹介したことがありますか。

我為您介紹過前田太太了沒？

上司からよくお噂を伺っておりました。

常聽我老闆提到您的大名。

お目にかかるのを楽しみにしていました。

我一直很期待能見到您。

お二人はまだ会ったことはないと思いますが。

我想你們兩位是第一次見面。

白石さんをご紹介します。今日は健康に関する話題をお話し下さいます。

我很高興向你們介紹白石先生，他今天將要和我們談談健康的問題。

世界貿易機関（WTO）の日本代表、花沼教授を紹介させて頂きます。

容我介紹世界貿易組織的日方代表——花沼教授。

王儷心：和田さん、パーティーに来てくれて嬉しいです。金さんに会ったことはありますか。
和田先生，很高興您能來參加宴會。您見過金先生嗎？

和田春彦：いいえ、まだ会ったことはありません。
沒有，我還沒有機會跟他見面。

王儷心：ああ、すみません、もっと早く紹介するべきだったのに。
喔，抱歉，我早該為你們介紹的。

和田春彦：大丈夫ですよ、でも王さんがこんなに積極的に私達を紹介しようとするのはなぜですか。
沒關係，我只是很好奇為什麼妳這麼積極介紹我們認識？

王儷心：お二人がお互いに知り合うのはとてもいいと思うからです。ではどうぞこちらへ。ご紹介します。
我覺得你們兩人互相認識一下是很好的。請移駕一步，我來為您介紹。

和田春彦：はい、お願いします。
好的，麻煩妳。

王儷心：金さん、ご紹介させて頂きます。この方は和田春彦、私共のパートナーの一人であり、日本と韓国のマーケットにおける担当者でもあります。

金先生，我來為您介紹一下。這位是和田春彥先生，他是我們的合夥人之一，負責日本和韓國的市場。

和田春彦：お会いできて光栄です、金さん。

很榮幸認識你，金先生。

金さん：こちらこそお会いできて嬉しいです！王さんからかねがねお噂聞いておりました。

很高興認識你！我已經從王小姐口中久仰您的大名了。

噂	うわさ	（0/名）	謠傳
何故	なぜ	（1/副）	為什麼
知り合う	しりあう	（3/自五）	互相認識
パートナー	partner	（1/名）	合夥人
マーケット	market	（1,3/名）	市場
光栄	こうえい	（0/名,形動ダ）	榮幸
かねがね		（2/副）	以前；老早
綴る	つづる	（0,2/他五）	（發音或字母）拼寫
楽しみにする	たのしみにする		期待

豆知識（まめちしき） **在介紹時如何應對**

當介紹人作了介紹以後，被介紹的雙方就應互相問候：「你好。」在「你好」之後再重複一遍對方的姓名或稱謂，是一種親切而禮貌的表現。對於長者或有名望的人，重複對其帶有敬意的稱謂，更將會使對方感到愉快。按照現代西方禮節，在一般聚會中，如果有位女子走過來和某男子交談，他就應站起來說話。但如果是在某些公共場所，如劇院、餐館等，就不必過於講究這種禮節，以免影響別人。

原來如此！

日本上班族的
工作時間

　　傳統上班族的工作時間為朝九晚五，在全面實施週休二日（週休二日制）後，許多公司也調整為朝九晚六的模式來因應。另外，也有少部分公司採彈性上班時間（柔軟勤務制），以完成規定之工作時數為前提，自由安排上班時間。輪班制則叫做「交代勤務」或「シフト制」。

　　如此不景氣及工作競爭激烈的年代，再加上引進外商公司所謂「責任制」的推波助瀾下，拼了命加班卻沒有加班費可拿的「サービス残業」，是日本上班族心中的痛。在「過労死」和「過労自殺」的新聞事件頻傳之下，普遍性的超時工作是需要被正視的社會問題。

当社の昼休み時間は一時間です。

我們公司中午休息時間為一個小時。

私達は午後三時くらいにお茶休憩の時間があります。

我們在3點左右會有下午茶時間。

勤務時間はきまりがありません。

我上班的時間不固定。

私達は一日二十四時間で三交代制です。

我們一天24小時三班制。

私は普段、夜勤をしています。

我通常是上晚班。

私は夜十二時に勤務交代し、朝八時に退社します。

我半夜12點去輪班，早上8點下班。

私は普段は夜九時まで働いています。

我通常工作到晚上9點才下班。

私は一週間に少なくとも三回の残業があります。

我一個星期最少加班3次。

時には休日出勤をする場合もありますが、残業代が出ません。

有時候我假日也要上班，但是沒有加班費。

退社の時にタイムカードを押すのを忘れました。

我下班忘記打卡了。

私達は六時に退社して夕食を食べます。

我們6點下班吃晚餐。

清水隼人：佐々木さん、一週間に何日出勤しますか。
佐佐木小姐，妳們一星期要上班幾天啊？

佐々木杏：週休二日制なので、一ヶ月に少なくとも八日間休めます。
我們是週休二日，也就是說一個月至少有8天不用上班。

清水隼人：いいですね。勤務時間はどうですか。
真好，那上班時間呢？

佐々木杏：勤務時間は朝九時から午後六時までですが、昼休みが十二時から一時半まで一時間半あります。でも、ほとんどの同僚は六時を過ぎても働き続けます。
早上9點到下午6點，中午12點到1點30分休息一個半小時。但是我大部份的同事6點過後仍然繼續工作。

清水隼人：どうしてですか。
怎麼會這樣？

佐々木杏：仕事の量が多すぎるから、残業せざるを得ないんです。なお、責任制度のため、残業代は支払われないんです。
因為工作繁重，不得不加班。而且因為責任制的關係，加班也沒有加班費。

清水隼人：ああ、私が思っていたのとは全然違いますね。では、こんなに真面目に働いていて、手当やボーナスはあるんですか。
噢！看來似乎和我原先所想的完全不同。那麼，妳們這麼拼，有任何額外津貼或加給嗎？

佐々木杏：もちろんです。効率の良い社員に対してはボーナスが与えられるようになっています。
當然有，工作效率表現良好的員工會有績效獎金。

清水隼人：そうですか。現代的な会社に対しては、それが多分一番良い管理手段の一つなんでしょうね。
我明白了。或許獎金制度就是經營一家現代公司最佳的管理方式之一。

佐々木杏：そうですね。
沒錯，我同意你的看法。

普段	ふだん	（1/名）	平常
夜勤	やきん	（0/名）	夜間工作
退勤	たいきん	（0/名,自サ）	下班
働く	はたらく	（0/自五）	工作
残業（代）	ざんぎょう（だい）	（0/名）	加班（費）
休日出勤	きゅうじつしゅっきん	（5/名,自五）	假日上班
タイムカードを押す	time cardをおす		打卡
八日	ようか	（0/名）	8日；8天
真面目	まじめ	（0/名,形動ダ）	認真的
手当	てあて	（1/名）	工資；津貼
ボーナス	bonus	（1/名）	獎金
与える	あたえる	（0/他下一）	給予
手段	しゅだん	（1/名）	方法

仕事待遇について
（しごとたいぐう）

原來如此！

日語裡『薪水』的說法

平常我們講的「薪水」、「收入」、「薪俸」等字的用法似乎大同小異，但是日語裡的用法卻不太相同，請見以下的比較：

- サラリー：指給從事知識性或具專業工作者之長期固定薪俸，主要指「月薪」。

- 給料（きゅうりょう）：薪水，是比「サラリー」及「賃金・労賃（ちんぎん・ろうちん）」更淺顯的說法。指給予固定職務的薪水。

- 給与（きゅうよ）：薪水加上津貼（手当（てあて））、獎金（ボーナス・賞与（しょうよ））的總稱。

- 賃金・労賃（ちんぎん・ろうちん）：主要指短期間肉體勞動的工資，如時薪、日薪、週薪。

- 謝礼・報酬（しゃれい・ほうしゅう）：指付給從事專門職業者的禮金，如會計師公費、律師公費。

- 所得（しょとく）：從任何工作所得到的金額總稱。

- 収入（しゅうにゅう）：指某一段時間的所得，包括投資收益、租金收入、利息等。

うちの会社は各種の厚生施設があります。娯楽センター
やジムなどがそうです。

我們公司有很多員工福利，像是休閒中心、健身房等。

うちの会社は二週間の年次有給休暇があります。

我們有兩個星期「有給薪」的年假。

私の給料はかなり良いのですが、勤務時間がとても
長いんです。

我的薪水優渥，但是工作時間很長。

うちの会社の賃金は生産効率の良さによって決まります。

我們的工資是以生產效率的優劣而定的。

私の給料明細と休暇記録をちょっと伺ってもいいで
すか。

我可以查一下我的薪資和休假情況嗎？

給料以外に、毎週仕事の量によって一定金額のボーナ
スが貰えます。

除了月薪之外，我每週還可以按工作量得到一定數目的獎金。

私はある程度の金額を貯金し、海外留学に行ったこと
があります。

我那時努力存了一大筆錢出國留學。

給料の一部を銀行に貯金する習慣があります。

我有習慣把一部分的薪水存在銀行裡。

私の月給は二万元近く、通常は毎月五日に支払われます。

我的月薪將近2萬元，通常是每個月5號領薪水。

この仕事はどんな手当がありますか。

這個工作有什麼額外的津貼？

貴社での福利厚生などについてお伺いしたいんですが。

請教貴公司提供哪些額外的福利？

宇都宮直樹：仲村さんはこの仕事に適任だと思います。この仕事について、まだ何か質問はありますか。

妳看來似乎能夠勝任這份工作，對於這份工作妳還希望知道些什麼嗎？

仲村明美：はい。決算賞与の支給方法を伺ってもいいですか。

是的，我想知道年終獎金的給予方式。

宇都宮直樹：もちろん。一般的には、台湾元で三万元の月給を基準として、勤務年数によって増えていきます。

好的。一般來說，我們起薪為每月3萬元新台幣，然後再按年資增加。

仲村明美：何か手当や補助金など支給なさいますか。

你們有提供任何的額外津貼或補助金嗎？

宇都宮直樹：はい、両方とも支給いたします。しかし、時間外勤務には手当は支給されません。

是的，我們兩者皆有提供，但是加班的工作時間是不支薪的。

仲村明美：分かりました。休暇はどのくらいありますか。
我懂了。那我們有多少的休假呢？

宇都宮直樹：従業員には七日の年次有給休暇があります。むろん、一年以上在職した人のみこの資格が与えられます。
每位員工擁有7天給薪的年假，當然需要在工作滿一年之後才享有這個福利。

仲村明美：他に何か福利厚生はありますか。
除此之外，還有哪些員工福利呢？

宇都宮直樹：従業員は皆、健康保険と労働保険に加入でき、退職金制度も完備しています。なお、毎月、誕生日会と運動会が行われます。
全體員工都可辦理健保和勞保，並有完善的退休金制度。另外，我們每個月也會舉辦慶生會和運動比賽。

仲村明美：私のような新社会人にとって恐縮ですね。
這對於像我這樣的新鮮人來說真是太好了。

宇都宮直樹：では、いつから出社できますか。
那妳什麼時候可以開始上班呢？

仲村明美：来週の月曜日から出社できます。

我下星期一就可以來上班了。

宇都宮直樹：では、来週の月曜日朝九時に会社にいらしてください。いいですね。

好的，那麼下星期一早上9點報到上班。沒問題吧！

仲村明美：承知しました、宇都宮さん。ご面会いただきありがとうございます。

好的，宇都宮先生。非常感謝您撥冗與我會面。

サラリー	salary	（1/名）	月薪
給料	きゅうりょう	（1/名）	薪水
センター	center	（1/名）	中心
ジム	gym	（1/名）	體育館；健身房
年次	ねんじ	（1/名）	年度
かなり		（1/副）	相當地
賃金	ちんぎん	（1/名）	工資
貯金	ちょきん	（0/名,自他サ）	儲蓄
決算賞与	けっさんしょうよ	（5/名）	年終獎金
補助金	ほじょきん	（0/名）	補助金
両方	りょうほう	（3,0/名）	兩者
福利厚生	ふくりこうせい	（4/名）	福利
なかなか		（0/副）	相當地；非常地
退職金	たいしょくきん	（0/名）	退休金
運動会	うんどうかい		運動會
出社	しゅっしゃ	（0/名,自サ）	（到公司）上班
承知	しょうち	（0/名,他サ）	明白
面会	めんかい	（0/名,自サ）	會面

自分の会社について

じぶん　かいしゃ

來如此！
關於日本的
公司

日語裡「公司」的同義字很多，以下為幾個常見用法，請比較其異同之處：

- 会社：由一群人所組成經營商業的公司。
かいしゃ

- 商社・商事：特別強調經營商業方面的公司（商事会社）的簡稱。
しょうしゃ　しょうじ　　　　　　　　　　　　　　　　　しょうじがい
しゃ

- 法人：由許多人聯合起來形成一個團體，若以謀取商業利益為目的的，即稱作法人。
ほうじん

- 企業・エンタープライズ：可以區分為國營企業（公営企業）和民營企業（民業、私企業）。
きぎょう　　　　　　　　　　　　　　　　　　　　こうえい
きぎょう　　　　　みんぎょう　し　きぎょう

- グループ：經營規模較大，有許多同業或跨業的分公司、子公司組合而成的集團。例如：跨國集團稱為「グローバルグループ」。

- 株式会社：股份有限公司。視公司需求置於公司名稱之前或之後，例如：三菱電機株式会社（三菱電機股份有限公司）、株式会社ウエスト（WEST股份有限公司）。
かぶしきがいしゃ
みつびしでんき かぶしきがいしゃ
かぶしきがいしゃ

私 の家は会社からあまり離れていないので、自転車で通勤しています。

我家距離公司滿近的，所以我都騎腳踏車上班。

ラッシュアワーには交通渋滞は一時間以上になります。

在交通尖峰時段，路上常常塞車超過1個小時。

私が勤めている会社は多大な資金と一流の技術者が揃う共同企業体です。

我們公司是一家資金雄厚、技術人員一流的合資企業。

私共は主にアンチウイルスソフトウェアの研究開発及びコンピューターとコンピューター部品の販売を行っています。

我們主要是研發防毒軟體，以及銷售電腦和電腦零件。

我が社は台南にある小規模な国際貿易会社です。

我們公司是一家位於台南的小型國際貿易公司。

我が社は台湾における六千人以上の従業員を持っている大規模なテクノロジー会社の一つです。

我們公司是全台灣擁有超過6,000名員工的大型科技公司之一。

我が社は全ての職員が勤務時間にはユニフォームを着用しなければなりません。

我們公司所有的員工上班時，都必須穿著制服。

私達は毎日の出勤、退勤には専用車両が迎えに来てくれます。

我們每天上下班都有專車接送。

正式な場合を除き、普段にはスカートをあまり穿きません。

除非是在正式的場合，不然我很少會穿裙子。

陳小蓓：松下さんのお仕事は何ですか。
你的工作是什麼？

松下浩之：会社員です。
我是個公司職員。

陳小蓓：どの会社に勤めていますか。
那你在哪一家公司服務呢？

松下浩之：順和という会社に勤めています。
在順和公司。

陳小蓓：どのような会社ですか。
那是個什麼樣的公司？

松下浩之：中規模の工場で、色んなタイプの手袋を製造しています。
是一間中型工廠，生產各式各樣的手套。

陳小蓓：オフィスはどこにありますか。
那你的辦公室在哪兒？

松下浩之：現在、新北市の支店に出勤しています。本社は台北市にあります。
我現在在新北市的分公司上班，總公司則位在台北市。

陳小蓓：なるほど。じゃ、通勤時間はどのくらいですか。
我懂了。那你上班要花多久的時間呢？

松下浩之：家から会社まで大体一時間ぐらいかかります。
從家裡到公司差不多要1個小時左右。

陳 小 蓓：どうやって会社に行きますか。
你是怎麼去上班的？

松下浩之：歩いて十分でＭＲＴ駅に着いて、三十分ＭＲＴに乗ってからバスに乗り換えて、二十分ぐらいで会社に到着します。
我走路10分鐘到捷運車站，接著坐半小時的捷運，然後再搭20分鐘的公車到公司。

陳 小 蓓：ラッキーですね、渋滞の心配が要らないし。
你真幸運，一點都不用擔心會塞車。

松下浩之：その通りです。だから絶対車では通勤しないんです。
沒錯！這就是我從不開車去上班的原因。

陳 小 蓓：ところで、会社でどんな服装をしているんですか。
對了，你在公司都穿什麼衣服？

松下浩之：ユニフォームを着なければならないのですが、スーツより楽ですね。陳さんは、仕事中はフォーマルな服装でなくてはいけないんですか。
我必須穿制服，但是我覺得比穿西裝舒服多了。妳呢？妳工作時要穿著正式服裝嗎？

陳小蓓：はい、接待係りなので、常にお客さんの対応に追われています。
是呀，因為身為接待人員經常得去招呼客人的關係。

松下浩之：それは大変ですね。
真辛苦。

ラッシュアワー	rush hour	（4/名）	尖峰時段
渋滞	じゅうたい	（0/名,自サ）	塞車
多大	ただい	（0/形動ダ）	龐大的
揃う	そろう	（2/自五）	聚集
アンチウイルスソフトウェア	Anti-Virus Software	（名）	防毒軟體
部品	ぶひん	（0/名）	零件
テクノロジー	technology	（3/名）	科技
ユニフォーム	uniform	（3,1/名）	制服
着用	ちゃくよう	（0/名,他サ）	穿；佩戴
退勤	たいきん	（0/名,自サ）	下班
車両	しゃりょう	（0/名）	車輛
履く	はく	（0/他五）	穿（鞋）
穿く	はく	（0/他五）	穿（裙、褲等）
除く	のぞく	（0/他五）	除去
オフィス	office	（1/名）	辦公室
乗り換える	のりかえる	（4/自下一）	轉乘
ラッキー	lucky	（1/名,形動ダ）	幸運
楽	らく	（2/名,形動ダ）	輕鬆的
フォーマル	formal	（1/形動ダ）	正式的
服装	ふくそう	（0/名）	衣著
対応	たいおう	（0/名,自サ）	應對

PART 3

介紹自己的
休閒與興趣

にちじょうせいかつ　しゅみ
日常生活や趣味について

01

歌と踊り
うた　　おど

原來如此！

日本流行的
音樂和舞蹈

　　在日本，歌曲及音樂可以粗略地分為本國歌曲（邦楽）
與外國歌曲（洋楽），比較廣為人知的有民謠、演歌以
及稱為J-POP的日本流行音樂（ポップ・ミュージック=pop
music）、古典音樂（クラシック=classic）、爵士樂（ジャ
ズ=Jazz）等等。

　　舞蹈也有很多不同的種類，例如：社交舞（社交ダン
ス）、土風舞（フォークダンス=folk dance）、芭蕾（バ
レエ= ballet）、探戈（タンゴ= tango）、森巴（サンバ
=samba）、夏威夷草裙舞（フラダンス= hula dance）、大
溪地舞（タヒチアン・ダンス=Tahitian dance）以及日本傳統
舞蹈（日本舞踊）等等。

私は歌を歌うのが好きなのですが、地声が良くないのです。

我很喜歡唱歌，但是我的音色不好。

私は踊ることが好きなのですが、曲のリズムとちょっと合わないのです。

我很喜歡跳舞，但是我有點跟不上音樂的節拍。

学生の頃には、日本語の歌を歌うことが好きでした。

我在學生時代很喜歡唱日文歌曲。

小さい頃には、沢山の歌のコンクールに参加しました。

小時候我參加過許多歌唱比賽。

私はいつも歌う時は裏声を使います。

我常用假音唱歌。

歌声が調子はずれなので、私は時々恥をかきます。

我唱歌都會走音，所以常常覺得很丟臉。

私が踊ることが好きなのは、自由に体を動かすだけでいいからです。

我很喜歡跳舞，因為只要自由地搖擺身體就行了。

正直言うと、バレエとフォークダンスの鑑賞の仕方が良く分かりません。

老實說，我不知道如何欣賞芭蕾舞和土風舞。

....

私は踊りが下手です。

我舞跳得不好。

....

私と一曲お相手願えますか。踊っていただけるなら嬉しいのですが。

請賞光陪我跳支舞好嗎？我將感到榮幸之至。

....

岩永大輔：相川さんは歌うことが好きですか。
相川小姐，妳喜歡唱歌嗎？

相川美咲：はい、好きです。うちの大学の合唱部にも入っているんです。
是的，我喜歡。而且我還加入了我們大學的合唱團。

岩永大輔：すごいですね。どのパートを担っているんですか。
真酷！那麼妳是唱哪一部的呢？

相川美咲：前はアルトを担当していましたが、今はソプラノが歌えるように練習しています。
我以前是唱女低音，但目前我正在練習唱女高音。

岩永大輔：素晴らしい。私は町内の合唱団でテノールをやっているので、いつか一緒に練習してみませんか。
太棒了！我在我們社區的合唱團唱男高音，或許我們改天可以一起練習。

相川美咲：いいですよ。
這是個好主意。

岩永大輔：では、歌以外に、踊ることも好きですか。
對了，除了唱歌之外，妳也喜歡跳舞嗎？

相川美咲：もちろんです。もし音楽があったら、いつでも踊れますよ。
當然喜歡。如果有音樂的話，我隨時都能跳呢！

岩永大輔：きっと踊るのが上手なんでしょうね。どのような踊りをするんですか。
妳一定對跳舞很拿手，妳都跳什麼舞呢？

相川美咲：音楽によっていろいろです。伝統的な音楽なら日本舞踊だし、テクノミュージックなら"ソリソリ"をしますよ。
視音樂而定。如果是傳統音樂就跳日本舞；如果是電子舞曲，就跳 "sorry sorry舞"。

岩永大輔：うわあ。あなたのような流行のダンスができる人には初めて会いました。じゃ、歌いながら踊ることができますか。
哇！妳是我見過最跟得上流行的舞者。那妳可以同時又唱又跳的嗎？

相川美咲：ええ、もちろん。それは朝飯前ですよ。
當然可以。小意思！

邦楽	ほうがく	（0/名）	日本傳統音樂
洋楽	ようがく	（0/名）	西洋音樂
社交ダンス	しゃこうdance	（4/名）	社交舞
地声	じごえ	（0/名）	天生的聲音
リズム	rhythm	（1/名）	節奏
コンクール	法語：concours	（3/名）	（歌唱）比賽
裏声	うらごえ	（0,3/名）	假音
歌声	うたごえ	（0,3/名）	歌聲
調子外れ	ちょうしはずれ	（4/名）	走音
恥をかく	はじをかく		出醜
正直	しょうじき	（3,4/名,形動ダ）	誠實的
一曲	いっきょく	（4/名）	一曲
相手	あいて	（3/名）	陪伴
担う	になう	（2/他五）	擔任
アルト	義語：alto	（1/名）	女低音
ソプラノ	義語：soprano	（0/名）	女高音
テノール	德語：tenor	（2/名）	男高音
テクノミュージック	techno-music	（名）	電子舞曲
流行	はやり	（3/名）	流行
朝飯前	あさめしまえ	（5/名）	易如反掌

01

原來如此！
日本音樂&
傳統樂器

　　日本的傳統音樂大致有「雅楽（ががく）」、「声明（しょうみょう）」、「能（のう）」、「浄瑠璃（じょうるり）」、「長唄（ながうた）」、「尺八音楽（しゃくはちおんがく）」、「箏曲（そうきょく）」等等，主要特色是沒有明顯的節奏，不像西洋音樂可以用手打拍子，多是平穩流暢的曲式。速度經常是由慢漸快，最後再漸慢直至尾聲。

　　「三味線（しゃみせん）」是日本的代表樂器之一，其演奏與日本傳統「歌舞伎（かぶき）」有關聯，琴身由貓皮、狗皮或蛇皮製成。流傳至今發展出許多流派，例如：津輕三味線（津軽三味線（つがるしゃみせん））、沖繩三味線（三線（さんしん））等等，其音色有種清幽、節拍錯落的美感。

　　「尺八（しゃくはち）」是以竹管製成的豎吹類樂器。中世時期，主要是箏曲和地歌的曲目改編而來，多與箏和三味線合奏。吹奏時與禪宗的精神結合，達到頓悟的效果。

　　另外，打擊樂器「太鼓（たいこ）」是以橡木桶挖空，兩面覆以動物皮製成的鼓。有著多樣打擊法，以鼓樂和肢體藝術呈現出精氣神合一的東方文化。

私はポップミュージックを聞くことが好きです。

我很喜歡聽流行音樂。

私が一番好きな歌手は小野リサです。

我最喜歡的歌手是小野麗莎。

私はいつもひとりでピアノコンサートを見に行きます。

我經常一個人去欣賞鋼琴演奏會。

私が収集したＣＤアルバムのジャンルは幅広くて、山口百恵からモーニング娘まで網羅しています。

我收藏CD的音樂類型很廣，從山口百惠到早安少女組的音樂都有。

私は三味線を聞きながら何時間も日本舞踊を踊ることができます。

我可以在三味線的樂聲中，連續跳好幾個小時的日本舞。

私はアマチュアのロックバンドでベースを担当していました。

我曾經在業餘的搖滾樂團擔任過貝斯手。

私は聴衆の前でピアノを弾くのに自信があります。

我有自信在聽眾面前彈奏鋼琴。

私はクラシックミュージックが好きです。

我很喜歡古典音樂。

- -

私はお囃子を聞くといつもウキウキします。なぜなら、その伝統的なリズムはいつも祭りの雰囲気を感じさせてくれるからです。

我只要聽到「囃子樂」就很振奮，因為它傳統的節奏總是令人感受到慶典的氣氛。

- -

私はポップミュージックとヘビーメタルが大好きです。

我最喜歡流行音樂和重金屬音樂。

- -

趙 羿如：この音楽は何ですか。
你放的是什麼音樂？

岩永 大輔：ジャズですよ。好きですか。
爵士樂。妳喜歡嗎？

趙 羿如：ええ、好きです。この曲は聞いたことある気がするなぁ、でもなかなか思い出せない。
是的，我喜歡。這個節奏我聽起來很耳熟，但剛才就是想不起來是哪一種音樂。

岩永大輔：そうですね。ジャズ特有のリズムは人に受け入れられやすいし、そのリズムは長く消えずに残り、心に染み込んでいきます。だから聞いたことがあるように感じるんですよ。
嗯！爵士樂獨特的節奏會令人輕易地就融入音樂之中，而且這種節奏會餘音繞樑感動人心，這也就是為何妳對它感到熟悉的原因。

趙 羿如：なるほどね。
原來如此。

岩永大輔：ジャズという音楽は、聞くとリラックスできるように思うんです。
而且爵士樂令人有種放鬆的感覺。

趙 羿如：そうですか。ジャズは調和の取れた音楽みたいだけど、歌詞がなければ、私はその意味が良く分からないんです。

是喔……爵士樂或許真有幾分和諧，但是如果曲中沒有歌詞的話，我還是無法瞭解它的內涵。

岩永大輔：実は、演奏者は楽器を通じて聴衆と会話するんですよ。彼らはそんな風にメッセージを伝えるんです。私たちがジャズを聞く時、音楽の意味はそのまま、私たちの感情を反映しているんです。

其實，演奏者透過樂器和聽眾交談，他們就是這樣傳達訊息的。當妳聆聽爵士樂時，音樂的意涵即會反應到妳的情緒之中。

趙 羿如：そうですか、じゃあ、もっとじっくり聞いてみないといけませんね。楽器といえば、岩永さんは何か楽器が演奏できますか？

是喔……或許是我聽得不夠仔細吧！談到樂器，你會什麼樂器呢？

岩永大輔：バイオリンが弾けますよ。それにサクソフォンとオーボエも習ったことがあります。

我會拉小提琴，以前也學過薩克斯風和雙簧管。

趙 羿如：それは全部洋楽器ですね。日本の伝統的な和楽器は演奏できますか。

這些都是西方的樂器，你會彈奏日本的傳統樂器嗎？

岩永大輔：そうですね。三味線と太鼓が演奏できます。

嗯。我會彈三味線和打太鼓。

豆知識 歌舞伎（Kabuki）

歌舞伎是日本最著名的古典表演藝術，可說是日本傳統演藝的集大成，也是日本非常重要的無形文化財產。歌舞伎最大的特色是所有的演員均為男性。早期的歌舞伎是由女性演員進行表演的，後因有賣色之虞被政府所禁止。後來歌舞伎逐漸轉變成如今我們所能看到的全部角色均由男性演員擔任的表演。因此，歌舞伎中被稱「女形」的女性角色也是由男性演員飾演。

ポップミュージック	pop music	（4/名）	流行音樂
コンサート	concert	（1,3/名）	演唱會；演奏會
幅広い	はばひろい	（4/形）	廣泛
網羅	もうら	（1/名, 他サ）	網羅
三味線	しゃみせん	（0/名）	三弦琴
アマチュア	amateur	（0/名）	業餘愛好者
ロックバンド	rock band	（4/名）	搖滾樂團
ベース	bass guitar	（0,1/名）	貝斯；低音吉他
囃子	はやし	（3/名）	能劇音樂的一種
うきうき		（1/副,自サ）	興高采烈
雰囲気	ふんいき	（3/名）	氣氛
ヘビーメタル	heavy metal	（4/名）	重金屬
染み込む	しみこむ	（3/自五）	浸透
調和	ちょうわ	（0/名,自サ）	和諧、協調
じっくり		（3/副,自サ）	慢慢地
バイオリン	violin	（0/名）	小提琴
サクソフォン	saxophone	（3/名）	薩克斯風
オーボエ	oboe	（0,1/名）	雙簧管
太鼓	たいこ	（0/名）	鼓

絵画・写真撮影
かいが　しゃしんさつえい

原來如此！

日本的
繪畫藝術

　　「浮世絵」是日本最廣為人知的一種繪畫形式，它是用木板印刷技術大量生產而成。起源於17世紀，描繪當時的日常生活、花鳥、風景、美人圖等等。畫派主要分為「狩野派」及「土佐派」，並且間接影響了西方的畫家。像是梵谷就臨摹過多幅浮世繪，並將浮世繪的元素融入其後的作品中，例如名作《星夜》中的旋渦圖案即被認為參考了葛飾北斎的『富嶽三十六景－神奈川沖浪裏』。

■日本古代～近代的繪畫藝術

繩文時代・彌生時代	陶器及銅鐸當中的簡單幾何圖案
古墳時代	古墓中的壁畫
奈良時代	宗教畫
平安時代・鎌倉時代	掛軸或廟宇壁畫
平安時代中後期	大和繪、繪卷
室町時代	禪宗水墨畫
安土桃山時代	利用金、銀片作成的大規模作品
江戶時代	浮世繪 （風俗畫）

絵画と写真撮影は多くの人に人気がある趣味です。

繪畫和攝影總是能讓很多的人感到興趣。

・・・

私は風景画も肖像画も描きます。

我畫風景，也畫肖像。

・・・

私は鉛筆で数分以内に人物スケッチを描けます。

我可以用鉛筆在幾分鐘之內，簡單地畫出一個人的素描。

・・・

私が一番興味を持っているのはヨーロッパの野獣派の作品です。

我最感興趣的是歐洲野獸派的畫作。

・・・

私は画集の絵を模写するのは絵画を学ぶ良い方法だと思います。

我認為照著畫冊上的圖畫臨摹是學習繪畫的好方法。

・・・

私が絵を描くのは、名声や利益のためではなく、ただ楽しみのためです。

我畫畫不為名或利，純粹只是享受其中的樂趣而已。

・・・

中国絵画では、溌墨画が好きです。

中國畫裡面，我比較喜歡潑墨畫。

・・・

美術館で印象派の作品展が開催されると、必ず見に行きます。

每當美術館有印象派畫展，我一定會去看。

私はアマチュア写真家向けの雑誌を定期購読していました。

我曾定期訂閱過業餘攝影家月刊。

私が撮影した難民キャンプの写真は撮影コンテストで一等賞を受賞しました。

我拍了一張難民營的照片，在攝影比賽中獲得了首獎。

私のもう一つの趣味は、精密な一眼レフカメラで写真を撮ることです。

我另一個愛好就是：用精密的單眼相機拍照。

私は暇な時間はほぼ、写真撮影を学ぶのに使っています。

我幾乎所有的空餘時間都在學攝影。

杉田明：曹さんの一番の趣味は何ですか。
曹小姐，妳最大的興趣是什麼？

曹郁菁：絵を描くことです。
我喜歡繪畫。

杉田明：本当？私も絵を描くのが好きです。普段はどんな画材を使って描いているんですか。
真的嗎？我也喜歡畫畫。妳通常用什麼材料作畫呢？

曹郁菁：水彩画も好きですし、クレヨンで描くのも好きです。
我比較喜歡畫水彩畫，但也喜歡用蠟筆畫畫。

杉田明：特に好きな絵の題材はありますか。
妳有特別喜歡作畫的題材嗎？

曹郁菁：静物画は沢山描きましたが、人物画ならちょっと苦手です。
我畫許多靜物，但不太擅長畫人像。

杉田明：これまでに、絵はあなたにどんな影響を与えたと思いますか。
到目前為止，妳覺得繪畫給妳帶來什麼影響？

曹郁菁：絵画からは、テクニックの習得だけではなく、とても大きな楽しみを得ています。
我不僅學習到了繪畫技巧，也從中獲得極大的樂趣。

杉田明：よく分かります。絵画以外に、写真撮影も好きです。
我相當同意妳的看法。除了繪畫之外，我相當熱愛攝影。

曹郁菁：いいですね。じゃ、何を撮るのが好きですか。
很好啊！那麼你都喜歡照什麼呢？

杉田明：世の中の全ての素晴らしいものです。特に自然の美しい景色です。
我會記錄世上所有美好的事物，尤其是大自然的美景。

曹郁菁：今度、作品を拝見させて頂けますか。
下次可以讓我欣賞一下你的攝影作品嗎？

杉田明：もちろんいいですよ。
當然可以呀！

風景画	ふうけいが	（0/名）	風景畫
肖像画	しょうぞうが	（0/名）	肖像畫
スケッチ	sketch	（2/名,他サ）	素描
描く	かく	（1/他五）	繪畫
画集	がしゅう	（0/名）	畫冊
模写	もしゃ	（1/他サ）	臨摹
溌墨	はつぼく	（0/名）	潑墨畫
購読	こうどく	（0/他サ）	訂閱雜誌、報紙或書籍
受賞	じゅしょう	（0/他サ）	獲獎
一眼レフカメラ	いちがんreflex camera	（7/名）	單眼相機
ほぼ		（1/副）	大致上
水彩画	すいさいが	（0/名）	水彩畫
画材	がざい	（0/名）	作畫的材料
クレヨン	法語：crayon	（2/名）	蠟筆
静物画	せいぶつが	（0/名）	靜物畫
テクニック	technic	（1,3/名）	技巧
拝見	はいけん	（0/名,他サ）	看（謙讓語）

読書する
どくしょ

如何培養
日文閱讀能力

- 增強日文閱讀能力的4個小技巧：

Tip 1：選擇自己喜歡的日文文章、及網站上的日文新聞來讀，以循序漸近的方式，先從簡短易懂的短文開始，等到短文閱讀對你來說已經易如反掌時，即可嘗試閱讀日文報章雜誌。

Tip 2：閱讀日文文章遇到不懂的單字時，先不要急著查字典，試著從上下文的脈絡去揣測單字的意思，繼續將整篇文章讀完。等讀完一遍之後，再查明單字的意思。

Tip 3：閱讀時，可以有意識地比平時的閱讀速度稍快一點，久而久之，無形中便可增強閱讀的能力與速度。

Tip 4：精讀名家的作品，自然而然體會日語文章的結構，同時也能增進對日本文化的了解。

私は大学の頃に曲亭馬琴の作品を読んだことがあります。例えば『南総里見八犬伝』です。

我大學的時候，曾讀過曲亭馬琴的作品，像是《南總里見八犬傳》。

『篤姫』の中国語翻訳版が発行される前に、もうその原著を読んだことがあります。

在《篤姫》中文版問世之前，我就已經讀過它的原著了。

私は定期的に市立図書館へ古典文学の本を借りに行きます。

我會定期到市立圖書館去借閱古典文學的書。

私は寝る前に本を読む習慣があります。

我習慣睡前看書。

私は漫画が全て価値がないとは思いません。

我不認為所有的漫畫都是沒有價值的。

私は夕食の時に夕刊を読むのが習慣です。

我習慣在晚餐期間閱讀晚報。

近頃、ホームページの設計に関連する本について興味があります。

近來，我對網頁設計方面的書非常感興趣。

学校の頃は、暇な時間のほぼ全てを本を読むのに使っていました。

在學期間，我大部份的課餘時間都在看書。

私は探偵小説と旅行記が大好きです。

我最愛偵探小說和旅遊文學了。

私はエッセイが好きです。息抜きになりますから。

我愛看散文，因為它能使我放鬆心情。

私は好きな作家が沢山いますが、一番好きなのは村上春樹です。

我喜歡的作家很多，但我最喜歡的就是村上春樹。

私は本なら何でも手当たりしだいに読みます。

我只要手邊有書就看。

高田哲夫：邱さんは読書が好きですか。
邱小姐喜歡看書嗎？

邱怡君：はい、好きですよ。
是的，我喜歡。

高田哲夫：じゃ、暇な時には何を読みますか。
那麼妳在閒暇之餘都閱讀什麼書呢？

邱怡君：新聞、雑誌のショートストーリーや文章も読むけど、一番好きなのはロマンス小説です。
我會閱讀報章雜誌上的短篇故事或文章，但我還是最喜歡看愛情小說。

高田哲夫：普段はどのくらい本を読みますか。
妳平常會看多少書呢？

邱怡君：時間があまりないので、一週間で一冊か二冊しか読めません。高田さんは。高田さんも読書が好きなんですか。
我沒有很多時間，所以一星期只能看完一、兩本。你呢？高田先生也喜歡看書嗎？

高田哲夫：ええ。武侠小説とSF小説が好きです。
喜歡啊！我喜歡看武俠小說和科幻小說。

邱怡君：わぁ、日本人で武俠小説が好きなんだ。誰の武俠小説が好きですか。

哇！日本人喜歡看武俠小說？你最喜歡誰的武俠小說？

高田哲夫：もちろん金庸の作品です。金庸の武俠小説を読み始めると、昼夜を問わず、寝ることも食べることも忘れてしまうんです。

當然是金庸的小說。看他的武俠小說可以讓我日以繼夜、廢寢忘食。

邱怡君：本当にそんなに面白いですか。これまでに彼の作品を読んだことはないんです。ちょっと何冊か貸してもらえませんか。

真的那麼好看嗎？我都還沒看過他的作品呢！我可以跟你借幾本來看嗎？

高田哲夫：あの、そうしたいんですが、それらの小説は貸本屋とか図書館とかから借りたものなので、手元にはないんです。

嗯，我也很想借妳，但是那些小說都是我以前從租書店或圖書館借來的，現在都已經歸還了。

邱怡君：ああ、それなら大丈夫。いつか自分で借りに行ってみます。

啊～沒關係。改天我再自己去借借看。

発行	はっこう	（0/名,他サ）	書報的發行
夕食	ゆうしょく	（0/名）	晚餐
夕刊	ゆうかん	（0/名）	晚報
ホームページ	homepage	（4/名）	網頁
探偵小説	たんていしょうせつ	（5/名）	偵探小説
旅行記	りょこうき	（2/名）	旅遊文學
エッセイ	essay	（1/名）	散文，隨筆
息抜き	いきぬき	（3,4/名 自サ）	轉換心情，稍作休息
手当たり次第	てあたりしだい	（5/副）	順手
読書	どくしょ	（1/名,自サ）	看書
ショートストーリー	short story	（5/名）	短篇小説
ロマンス	romance	（1/名）	愛情小説
武侠	ぶきょう	（0/名）	武俠
ＳＦ	エスエフ=science fiction的簡寫	（0/名）	科幻小説
昼夜	ちゅうや	（1/名）	晝夜
貸本	かしほん	（0/名）	租書
手元	てもと	（3/名）	手邊

私は一人旅も友達と一緒に旅行することも好きです。
我喜歡自己一個人或和朋友一起旅行。

....

私は先週タイ旅行から帰ったばかりです。
我上個星期才剛從泰國旅遊回來。

....

私はパックツアーでカンボジアに行く予定です。
我計畫參加套裝行程去柬埔寨旅遊。

....

私が行った一番遠い場所はニューヨークです。
我去過最遠的地方是紐約。

....

私が一度やってみたいことは、船に乗って長良川を旅することです。
我想要體驗一件事：就是乘船來一趟長良川之旅。

....

私はその七日間ツアーのスケジュールの方が好きです。
我比較喜歡那個七日遊的行程。

....

もし車で旅行できれば、バスでの旅行は絶対遠慮します。

如果有車子可以開，我就絕不坐公車旅行。

旅のことをいろいろもっと詳しく教えてください。

可以告訴我更多關於旅行的事情嗎？

高正華:岡本さんはよく旅に出るんですか。
岡本，妳常常去旅行嗎？

岡本静子:はい、世界中あっちこっちに行くのが好きですから、なるべく旅行したいんです。
是的，我喜愛到世界各地去，而且儘可能地到處旅行。

高正華:どこに行ったことがありますか。
妳去過哪些地方呢？

岡本静子:いろんな景色が美しい場所や歴史遺産を見たことがあります。例えばエジプトのピラミッドやスペインのセゴビア、ローマの水道橋などです。
我參觀過許多美麗的風景名勝和歷史遺蹟，像是埃及金字塔、西班牙的塞哥維亞古羅馬水道橋。

高正華:凄いですね。どこもまだ行ったことのない所ばかりです。
真是太酷了！我從來都沒有去過那些地方。

岡本静子:高さんは。よく旅をするんじゃないですか。
你呢？你不是也常去旅行嗎？

高正華:ええ、私も旅行が大好きなんです。
是的，我也超級喜歡旅行的。

岡本静子：じゃ、どこに行ったことがありますか。
那麼你去過什麼地方呢？

高正華：台湾国内を見て回ったことがあるだけなん
です。
我只有在台灣各處旅遊。

岡本静子：いいじゃないんですか。台湾も川や山で
遊ぶにはぴったりの美しい島です。
那也不錯呀！台灣也是個適合遊山玩水的美麗島嶼。

高正華：それはそうですが、ぜひとも海外旅行に行
ってみたいんですよ。
我知道，但我覺得至少一定要出國去玩一趟啊！

岡本静子：じゃあ、一番行ってみたい場所はどこで
すか。
那你最想去的地方是哪裡？

高正華：ええ、いつかアメリカのグランドキャニオ
ン国立公園を見に行きたいんです。
嗯⋯⋯，我希望能到美國大峽谷國家公園去看一看。

岡本静子：いいですね。私も行ったことがないの
で、今度一緒に行きましょうか。
不錯喔！我也還沒去過，下次就一起去吧！

mp3 32-02-3

パッケージ ツアー	package tour	（6/名）	套裝行程
カンボジア	Cambodia	（0/名）	柬埔寨
旅する	たびする	（2/他サ）	旅行
スケジュール	schedule	（2,3/名）	行程
遠慮	えんりょ	（0/名,他サ）	敬而遠之
世界中	せかいじゅう	（0/名）	全世界
あっちこっち		（3,4/代）	到處
なるべく		（0,3/副）	儘量
遺産	いさん	（0/名）	遺產
エジプト	Egypt	（0/名）	埃及
ピラミッド	pyramid	（3/名）	金字塔
ローマ	拉丁語：Roma	（1/名）	羅馬
水道橋	すいどうきょう	（0/名）	水道橋
見回る	みまわる	（0,3/他五）	遊覽
ぜひとも		（1/副）	請一定要 ……
グランド キャニオン	Grand Canyon	（5/名）	美國大峽谷

外国のコインやマッチ箱を 収 集することが好きです。

我喜歡收集外國錢幣以及火柴盒。

・・

私 はどこで買ってきた葉書かによって分けています。

我按照不同國家的明信片來分類。

・・

私 は変わった石を記念品として集め、行った場所を思い
出せるように収集しています。

我收集奇特的石頭當作紀念品，它們讓我想起曾經去過的地
方。

・・

私 の古い写真のコレクションをいつでも喜んでお見せし
ます。

隨時歡迎你來欣賞我收集的舊照片。

・・

私 は骨董のコレクターです。

我是個古董收藏家。

・・

過去数年間に千枚以上のバッチを集めてきました。

這幾年來，我已經蒐集了1000多種胸章。

企業家、政治家、学者らは西洋絵画や古代彫刻など幅広く美術品を収集することが好きです。

企業家、政治家和學者們很喜歡廣泛地收藏西洋名畫、古代雕刻等藝術作品。

私は定期的に芝生や生垣を刈り込まなければなりません。

我必須定期去修剪草皮和籬笆。

私は盆栽が大好きです。

我非常喜歡盆栽。

家の近くに野菜が植えられる空き地を探しています。

我正在我家附近找一塊可以種植蔬菜的空地。

私はベランダで体にいいハーブを栽培しています。

我在陽台上種了一些對身體很好的香草。

私は暇な時間をほとんど家の後ろのスモールガーデンの作業に使っています。

我大部份的閒暇時光都埋首於後花園的園藝工作。

藤原 光：平山さんは特別な趣味がありますか。
平山小姐，妳有什麼特殊的嗜好嗎？

平山ひなの：ありますよ。私は珍しい日本の切手を集めています。
有啊！我收集相當珍貴的日本郵票。

藤原 光：どうやって保存しているんですか。
妳如何將它們妥善地保存呢？

平山ひなの：額面によって分けて、透明な紙で覆って、そして切手収集本に入れておくんです。ほら、こんなふうに。
我依照它們的面額分類，並用透明紙覆蓋在上面。而且我將它們放在集郵冊裡。看！就是這個。

藤原 光：わ～、この切手は凝っていて、素晴らしいですね。
哇！這些郵票都非常精緻而且漂亮呢！

平山ひなの：そうでしょう。長い時間をかけて、精一杯、収集し、保存してきたものですからね。
那當然。我可是花了很長的時間，把全部精力投入收集和保存的工作啊！

藤原　光：なるほど。努力といえば、私もしたんですが、あなたのようにはうまくいってないんです。
原來如此。看來，雖然我和妳一樣地努力，但是我卻沒妳那樣地幸運。

平山ひなの：どうしたんですか。
怎麼了？

藤原　光：私の趣味は園芸で、家の庭にバラを植えたんですが、残念なことに、先月、全て虫に食べられてしまったんです。
我的興趣是園藝，所以我在花園裡種了一些玫瑰花。不幸的是，上個月蟲子把它們全部吃掉了。

平山ひなの：それはお気の毒ですね。でも、今度またバラを植えてみてくださいよ。
我實在很同情你，但是我想你下次還可以再種看看玫瑰。

藤原　光：なぜまたバラを。
為什麼又要種玫瑰花？

平山ひなの：私はバラが好きで、園芸にも興味を持ってるんですよ。
因為我喜歡玫瑰花，而且我對園藝也很有興趣。

藤原光：そうなんですか。平山さんが手伝ってくだ
さるなら、バラはきっとうまく育てられると思いま
す。

太棒了！有了妳的幫忙，我相信玫瑰花可以生長得很好。

平山ひなの：そう。来年の春はあなたの庭にバラ満
開の景色が見られるといいですね。

對呀！但願明年春天能在你的花園裡看到玫瑰花盛開的景
象！

コイン	coin	（1/名）	錢幣
マッチ箱	matchばこ	（4/名）	火柴盒
葉書	はがき	（0/名）	明信片
出所	でどころ	（0/名）	出處
骨董	こっとう	（0/名）	古董
バッチ	badge	（1/名）	胸章
芝生	しばふ	（0/名）	草皮
生垣	いけがき	（0,2/名）	籬笆
割り込む	わりこむ	（3/自他五）	割除
盆栽	ぼんさい	（0/名）	盆栽
珍しい	めずらしい	（4/形）	珍貴；稀有的
切手	きって	（0/名）	郵票
額面	がくめん	（0/名）	面額
覆う	おおう	（0,2/他五）	覆蓋
凝る	こる	（1/自五）	精心；講究
精一杯	せいいっぱい	（3,1/名,副）	盡全力
残念	ざんねん	（3/形動ダ）	懊悔；可惜
気の毒	きのどく	（3,4/名,形動ダ）	遺憾
育てる	そだてる	（3/他下一）	養育
満開	まんかい	（0/名,自サ）	盛開

わたし　はやお
私 は早起きです。

我是個早起的人。

わたし　よるがた
私 は夜型です。

我是個夜貓子。

わたし　　　　あさおそ　　　ね
私 はいつも朝遅くまで寝ています。

我習慣睡得很晚。

わたし　ね　まえ　かなら　すべ　　ようい　　　　　　　　　　　よくあさ
私 は寝る前に必ず全てを用意します。さもないと翌朝
　　　ちこく
は遅刻しそうになるからです。

我晚上睡前一定要將一切準備好，否則隔天早上就會遲到。

いぜん　　　　　よふ　　　　　べんきょう
以前はいつも夜更かしして勉強していました。

我以前經常熬夜看書。

わたし　ちい　　ころ　　ふみんしょう　くる
私 は小さい頃から不眠症に苦しめられています。

我從小就受失眠之苦。

私 はいつも規則正しい生活を送っています。

我的生活一直都很規律。

私 は家事は家族全員で 協 力するべきだと思います。

我認為，家事應該是由全家人共同分擔的。

私 はお昼の時に少しでも休まなければなりません。

我中午都需要休息一下。

夕 食 は一日の中で家族が集まることができる唯一の時
間です。

晚餐時間是我們全家人每天唯一聚在一起的時光。

渋 滞がなければ、七時前に家に帰れます。

如果不塞車的話，我7點以前就可以回到家了。

長谷川 諒：田原さんはいつも早起きなんですか。
田原，妳經常早起嗎？

田原 桜：そうです。毎日六時に起きますが、週末は遅くまで寝ています。
是呀，我每天6點起床，但週末就睡得比較晚。

長谷川 諒：どうしてそんなに早起きなんですか。
妳為什麼那麼早起？

田原 桜：出勤する前に、家族と公園へ運動しに行くことにしているんです。
我習慣上班之前，和家人到公園去運動。

長谷川 諒：それは健康にいいですね。じゃ、出勤前にまた他に何かしますか。
這樣對身體健康很好啊！那上班前妳還會做什麼事嗎？

田原 桜：運動して朝食を食べたら、もう時間はほとんどないんです。長谷川さんは。
幾乎運動完、吃完早餐後，就沒有時間做別的事了。那你呢，長谷川？

長谷川 諒：そうですね、私は朝食前に三十分のジョギングをし、そしてミルクを飲みながら、新聞を読みます。
這個嘛，我時常在早餐前慢跑大約半個小時。接著會一邊喝杯牛奶，一邊看個報紙。

田原 桜：うん、私も時々そうします。
嗯，有時我也會這麼做。

長谷川 諒：本当ですか。いつか朝一緒に運動しましょうか。
真的嗎？哪一天早上我們可以一起去作運動喔！

田原 桜：いい考えですね。でも、念のために、先に電話で起こしてもらった方がいいと思います。
好主意。不過我想你最好先打個電話叫我起床。

長谷川 諒：分かりました。
沒問題。

田原 桜：では、その時にはよろしくお願いします。
謝謝，到時再麻煩你囉！

早起き	はやおき	（2,3/名,自サ）	早起
用意	ようい	（1/名,他サ）	準備
さもないと		（1/接）	不然的話……
翌朝	よくあさ	（0/名）	隔天早上
遅刻	ちこく	（0/名,自サ）	遲到
夜更かし	よふかし	（3,2/名,自サ）	熬夜
不眠症	ふみんしょう	（0/名）	失眠症
苦しむ	くるしむ	（3/自五）	為……所苦
規則正しい	きそくただしい	（6/形）	規律的
家事	かじ	（1/名）	家事
唯一	ゆいいつ	（1/名）	唯一的
集まる	あつまる	（3/自五）	聚集
ジョギング	jogging	（0/名）	慢跑
時々	ときどき	（0/副）	時常
念のため	ねんのため	（0/連）	為了慎重起見

スーパーで買い物

02

原來如此！

日本人的
『 價值觀 』

日語中，關於「**昂貴**」有幾種說法，比較其意義如下：

- 高価（こうか）：指某物所需花費的代價高於購買者的經濟能力。
- 貴重（きちょう）：指物品本身非常珍貴。
- 贅沢（ぜいたく）：指珍奇、奢華的。
- 価値の高い（かちたかい）：指很大的用處或高價值的。

另外，對於「**便宜**」則有以下幾種說法：

- 安い（やす）：便宜的
- 格安（かくやす）：價格比一般便宜很多的
- 激安（げきやす）：非常便宜的
- 廉価（れんか）：廉價；沒有價值的

見た目はなかなかいい感じなので、きっと美味しいと思います。

看起來不錯，嚐起來一定很好吃。

すみません、醬油はどこですか。

對不起，請問醬油放在哪裡？

ちょっと野菜と果物を選んでもいいですか。

我可以選些蔬果嗎？

ショッピングバッグはどこで<u>いただける</u>（もらえる）んですか。

請問哪裡有購物袋可以拿？

スーパーに出かける時はマイバッグを必ず持参します。

前往超市買東西之前，我一定都會自己攜帶購物袋。

この牛肉をなるべく薄くスライスしてもらえませんか。

麻煩你將這些牛肉切薄一點。

オレンジを一袋ください。

給我一袋柳丁。

ごめんなさい。気が変わったので、これはやめたいの。
私が棚に戻しておきましょうか。

不好意思，我改變心意了，這個商品我不買了，我可以把它擺
回架上嗎？

インスタントラーメンは売っていますか。

你們有賣泡麵嗎？

私は竹下通りにある一番好きな店でこれらの服を買い
ました。

我在竹下通一家我最喜歡的店買了這些衣服。

友達と一緒にショッピングする方が好きです。

我比較喜歡和朋友一起逛街。

宮崎愛未：すみません、野菜や果物を買いたいんですが、どの辺にあるのか教えて頂けませんか。
抱歉，我想買些蔬果，請問放在哪裡？

店員さん：はい。十のコーナーにあります。ここからまっすぐ行って、突き当たりを右に曲がると、野菜コーナーが見えます。
在第10區。直走到底後右轉，就會看到生鮮蔬果區。

宮崎愛未：ありがとう。それと、焼き立てのパンはどこですか。
謝謝。再請問一下，剛出爐的麵包在哪裡？

店員さん：乳製品コーナーにあります。
在乳製品區。

（宮崎愛未は数分後に野菜コーナーを見つけて、青森リンゴと二十世紀梨を買いました）
（宮崎愛未在幾分鐘後找到了生鮮蔬果區，還買了青森蘋果與二十世紀梨。）

店員さん：果物を秤に置いてください。重さを量ってから価格ラベルを貼りますから。
請將水果放在秤上，我為您秤重並貼上標價。

宮崎愛未：はい。
好的。

（宮崎愛未はパンコーナーでもメロンパンとドーナツを選びました。買う物をカートに入れた後、レジで会計します）

（宮崎愛未在麵包區拿了菠蘿麵包和甜甜圈，把這些東西放入推車後，走到櫃台結帳。）

店員さん：おはようございます。商品をベルトコンベアに置いてください。
您早。請將您的東西放在輸送帶上。

宮崎愛未：はい。
好的。

店員さん：紙袋か、ビニール袋のどちらの袋に入れますか。
要用紙袋或是塑膠袋裝？

宮崎愛未：紙袋にしてください。
請用紙袋。

店員さん：パンとドーナツは別の袋に入れますか。
需要用另外的袋子裝麵包和甜甜圈嗎？

宮崎愛未：ええ、お願いします。あ、この割引券を使いたいんですが。
好，麻煩你。對了，我要使用折價券。

店員さん：では、割引後の金額は合計二千円になります。

您折扣後的總金額是2,000元。

上原桜：はい、二千円です。

好的。這是2000元。

店員さん：お買い上げありがとうございました。レシートです。またお越しくださいませ。

謝謝，這是您的收據。歡迎下次再度光臨。

見た目	みため	（1/名）	表面看來
マイバッグ	my bag	（3/名）	購物袋
持参する	じさんする	（0/名,他サ）	帶著；自備
スライス	slice	（2/名）	薄片
気が変わる	きがかわる		改變心意
インスタント ラーメン	（和製英語）instant らーめん	（7/名）	泡麵
コーナー	corner	（1/名）	轉角；小區域
突き当たり	つきあたり	（0/名）	盡頭
～立て	～たて		剛完成的
秤	はかり	（0,3/名）	秤
量る	はかる	（2/他五）	測量
ラベル	label	（1/名）	標籤
カート	cart	（1/名）	購物車
レジ	register= レジスター	（1/名）	收銀機(處)
会計	かいけい	（0/名,他サ）	結帳
ベルトコンベア	belt conveyer	（6/名）	輸送帶
ビニール	vinyl	（2/名）	塑膠
割引	わりびき	（0/名）	打折
レシート	receipt	（2/名）	收據
買い上げ	かいあげ	（0/名）	您購買的
お越し	おこし	（0/名）	（敬語） 「來、去」

03 デパートでショッピングす

原來如此！

常見衣物與配件

日語怎麼說？

常見的「**衣飾、配件**」日語要怎麼說呢？

- 背広(スーツ)　【英】suit　　　　　　　　西裝
- チョッキ　　　【葡】jaque　　　　　　　背心
- ズボン　　　　【法】jupon　　　　　　　褲子
- マント　　　　【法】manteau　　　　　　斗篷
- ブラウス　　　【英】blouse　　　　　　　女襯衫
- セーター　　　【英】sweater　　　　　　毛衣
- ジーパン　　　【和製英語】jeans+pants　牛仔褲
- ショール　　　【英】shawl　　　　　　　披肩
- 肌着　　　　　　　　　　　　　　　　　　內衣
- マフラー　　　【英】muffler　　　　　　圍巾
- 靴下　　　　　　　　　　　　　　　　　　襪子
- ブレスレット　【英】bracelet　　　　　　手鐲
- カフスボタン　【和製英語】cuffs+botão　袖扣
- ヘアバンド　　【和製英語】hair+band　　髮帶
- ストッキング　【英】stocking　　　　　　絲襪

そちらのゴールドのリングを見せてもらえますか。

我可以看看那邊的金戒指嗎？

ネクタイを見たいんですが。

我想看看領帶。

もっと薄い色のものが欲しいんですが。

請給我顏色再淺一點的。

セールなどお買い得なスーツはありますか。

你們有在打折或特價的西裝嗎？

ペンギン(ブランド)のジャンパーはありますか。

你們有企鵝（品牌名稱）的夾克嗎？

この商品は返品、交換できますか。

你們有退換貨的服務嗎？

シルク生地のものはありますか。

有絲質的嗎？

もっと小さめのサイズはありますか。

請問有尺寸再小一點的嗎？

この色は今流行っているんですか。

這個顏色現在流行嗎？

もっと安くして頂けませんか。

能算便宜一點嗎？

私にはちょうどいいサイズです。

大小正好合我的尺寸。

この色は私の靴には似合わないと思います。

我覺得這顏色和我的鞋子不太配。

このスタイルが好きですが、自分に似合うかどうか分かりません。

我喜歡這種款式，但是不知道自己適不適合。

mp3 33-03-2

客：そこのピンク色のトレンチコートをちょっと見せてもらってもいいですか。
請讓我看一下那邊那件粉紅色的風衣好嗎？

店員：これはイタリア製で、今すごく人気があるんですよ。試着してみませんか。
這件是義大利製的，現在超流行的。要不要試穿看看呢？

客：ええ、じゃあ、ちょっと試着させてください。
好，請讓我試穿一下。

店員：試着室はこちらへどうぞ。
更衣室請往這走。

（数分後）
（幾分鐘之後）

店員：如何ですか。
還合適嗎？

客：ちょうどいい大きさみたいですね。
好像剛好是我的尺寸。

店員：とてもお似合いですよ。
妳穿起來真的很好看。

客：じゃ、買います。
好吧，我買了。

店員：八千五百元でございます。ほかにも何かお探しですか。
8,500元（新台幣）。您要不要再看看別件？

客：このコートなら、どのようにコーディネートしたらいいと思いますか。
你覺得這件大衣怎麼搭比較好？

店員：このネックレスはお客さまが着ている服ともよくお似合いだと思います。もしお気に召したら、２割引致します。
這條項鍊搭配妳的衣服很好看喔！如果喜歡的話，我可以打8折給妳。

客：ええ、考えてみます。
好，我考慮看看。

ゴールド	gold	（1/名）	金色；黃金
リング	ring	（1/名）	戒指
ネクタイ	necktie	（1/名）	領帶
薄い	うすい	（0/形）	薄的
お買い得	おかいどく	（0/名）	划算
ジャンパー	jumper	（1/名）	夾克
返品	へんぴん	（0/名）	退貨
シルク	silk	（1/名）	絲
生地	きじ	（1/名）	質地
～め	接在形容詞語幹的後面		……一點兒
丁度	ちょうど	（0/副）	恰好
似合う	にあう	（2/自五）	合適的
スタイル	style	（2/名）	款式
トレンチコート	trench coat	（5/名）	風衣
試着室	しちゃくしつ	（3/名）	更衣室
コーディネート	coordinate	（4,1/名）	搭配
ネックレス	necklace	（1/名）	項鍊
お気に召す			（「気に入る」的敬語）喜歡

04

しゅうきょう
宗教について

原來如此！

日本的
宗教信仰

根據日本「文部科學省」的統計調查，日本信仰神道教的
もんぶかがくしょう
人口大約有1億700萬人，佛教人口約8,900萬人，基督教
人口約有300萬人，其他宗教約1,000萬人。目前全世界幾
個主要的宗教如下：

宗教名稱	創始人	活動場所
仏教 （佛教）	釈迦牟尼仏 （釋迦牟尼佛）	寺 （寺廟）
道教 （道教）	張陵 （張陵）	寺 （寺廟）
キリスト教 （基督教）	イエス・キリスト （耶穌基督）	教会 （教堂）
カトリック教 （天主教）	イエス・キリスト （耶穌基督）	教会 （教堂）
イスラム教 （伊斯蘭教）	マホメット （穆罕默德）	モスク （清真寺）

私が寺とか教会に行くのは、宗教を通して心の安らぎを求めようとしているからです。

我去寺廟或上教堂，是為了藉由宗教的慰藉，尋求內心的平靜。

......

私は科学を信じているので宗教を信じられません。

我太相信科學，所以沒有宗教信仰。

......

私は家族全員がカトリック教の信者で、毎週、日曜日になるとミサに行っています。

我們全家都是虔誠的天主教徒，每個禮拜天都會去望彌撒。

......

私はキリスト教の信者ではないんですが、結婚式を教会で行いたいんです。

我不是基督教徒，但是我想要在教堂舉辦婚禮。

......

私は洗礼を受けたキリスト信者で、洗礼名はマリアです。

我是個受洗過的基督教徒，而我的教名是馬利亞。

......

私が聖歌や賛美歌が大好きなのは、心の安らぎと幸せな感じを得られるからです。

我喜歡聽聖歌和讚美詩，因為它們能帶來內心的寧靜和幸福。

......

私は宗教を信じていません。

我沒有任何宗教信仰。

私は毎日寝る前に三十分程座禅をしています。

我每天睡前都會打坐冥想半小時。

私はイエス・キリストを強く信じているので、何年間も伝道の仕事をしています。

我篤信耶穌，而且當傳教士已經有好幾年了。

渡辺正明：游さんは何教を信仰していますか。
妳是信什麼教的？

游愛莉：私は仏教の信者です。
我是個佛教徒。

渡辺正明：いつ、仏教に出会ったんですか。
妳什麼時候開始接觸佛教的？

游愛莉：大学一年の時、仏教信者のクラスメートから読経の会に誘われたんです。その時から、仏教信者になりました。
我大一的時候，有一次班上一位佛教徒同學邀我去參加一個誦經拜佛的活動。從那時起，我就成為佛教徒了。

渡辺正明：そうですか。それで游さんは肉を食べないんですね。
我懂了，這就是妳吃素的原因吧？

游愛莉：そうなんです。それに肉類は体にあんまり良くないみたいなんですよ。渡辺さんもベジタリアンなんですか。
沒錯。而且我覺得吃肉對身體也不太好。那你呢，你也是吃素的嗎？

渡辺正明：そうじゃないんです。でも旧暦の毎月一日と十五日は菜食なんです。
不完全是，不過我每月1號和15號都吃素。

游愛莉：どうしてですか。渡辺さんも仏教信者なんですか。
為什麼？你也是佛教徒嗎？

渡辺正明：いいえ、実は私はキリスト教信者なんです。ただ、両親が仏教信者なので、両親と同じように、菜食の習慣が身についたんです。
不，事實上我是個基督徒。我會那樣做只是因為我和信佛的父母一樣都習慣吃齋了。

游愛莉：渡辺さんは毎週日曜日に教会へ行くんですか。
你每個禮拜天都會上教堂嗎？

渡辺正明：ええ。定期的に町内の教会でボランティアもしてるんですよ。
我會啊！而且我定期在本區的教會當義工。

游愛莉：渡辺さんは本当に信心深い敬虔な信者なんですね。
你真的是一位既虔誠又忠實的信徒。

注意！其實在日本，吃素的佛教徒並不像台灣這麼多喔！

神道	しんとう	（1/名）	日本神道教
教会	きょうかい	（0/名）	教堂
安らぎ	やすらぎ	（0/名）	心中平靜
カトリック	荷語：Katholiek	（3/名）	天主教
ミサ	拉丁語：missa	（1/名）	彌撒
キリスト教	葡語：Christo きょう	（0/名）	基督教
信者	しんじゃ	（1/名）	信徒
洗礼名	せんれいめい	（3/名）	聖名
聖歌	せいか	（1/名）	詩歌
賛美歌	さんびか	（0/名）	讚美歌
座禅	ざぜん	（0/名）	（佛）打坐
読経	どきょう	（0/名,他サ）	讀經
唱える	となえる	（3/他下一）	唸誦
ベジタリアン	vegetarian	（3/名）	素食者
菜食	さいしょく	（0/名）	素食
身につく	みにつく		（習慣、技能等）養成
ボランティア	volunteer	（2/名）	義工
信心深い	しんじんぶかい	（6/形）	虔誠的
敬虔	けいけん	（0/形動ダ）	虔誠

毎天10分鐘
＊完美表現法＊一日10分で上達！

mp3 33-05-1

あさ はん かんたん す あさ
朝ご飯はわりに簡単に済ませています。というのは朝は
じかん にまい ぎゅうにゅう
あまり時間がないから、バタートースト二枚と牛乳か
す
ジュースなどで済ませているんです。

我的早餐都比較簡單，因為早上時間比較趕，通常兩片奶油吐
司加一杯牛奶或果汁就解決了。

わたし つね ひるやす じかん い ひる はん か
私は常に昼休み時間はコンビニへ行って昼ご飯を買っ
ています。

我常常在午休時間去便利商店買午餐。

わたし いちにちさんしょく ゆうしょく た
私は一日三食で、夕食にたくさん食べます。

我一天吃三餐，最豐盛的是晚餐。

わたし ちい ころ たまねぎ だいきら
私は小さい頃から玉葱とピーマンが大嫌いです。

我從小就不喜歡洋蔥和青椒。

てつや とき やしょく た
徹夜する時、インスタントラーメンを夜食に食べます。

熬夜時，我常吃泡麵當作宵夜。

仕事をする時、コーヒーを一日五、六杯は飲みます。

我工作時，一天一定要喝上5、6杯咖啡。

....

私は魚介類が大好きです。

我很喜歡吃海鮮。

....

大好きなチョコレートはいくら食べても飽きないんです。

我最愛的巧克力從來都吃不膩。

....

こんなに美味しい夕食は食べたことがありません。もう、お腹いっぱいです。

這是我吃過最好吃的一次晚餐，而且我現在實在很飽了。

....

ウェイトレス：いらっしゃいませ、お客様。
歡迎光臨，先生。

関俊傑：こんにちは。十二時に二人用の席を関という名前で予約しているんですが。
午安。我們訂了兩人一桌的位子，中午12點用餐，是用關先生的名字訂位的。

ウェイトレス：少々お待ちください。ただ今、お調べいたします。はい、確かに承っております。こちらへどうぞ。
請稍候，我查一下預約記錄。沒錯，這裡有您的名字，請往這裡走。

関俊傑：すみません、窓際の席にしてもらえますか。
對不起，我們可以坐靠窗戶的位子嗎？

ウェイトレス：申し訳ありません。もう、予約が入っているんですが。
對不起，這桌已經有人訂了。

関俊傑：それならいいです。
沒關係。

ウェイトレス：どうぞ。こちらはメニューとワインリストになります。ご注文前に何か飲み物はいかがですか。
請坐。這是菜單和酒單，點菜前您想喝點什麼嗎？

関俊傑：いいえ、結構です。直接料理を注文したいんですが。
不，謝謝。我們想直接點菜。

ウェイトレス：分かりました。では、ご注文はお決まりでしょうか。
好的，你們準備好要點什麼了嗎？

関俊傑：はい。『本日のスペシャルランチ』っていうのは何ですか。
可以，請問這上面寫的『今日特餐』是什麼？

ウェイトレス：本日のランチは骨付き肉の甘酢あんかけです。とても美味しいですよ。
今天是糖醋排骨，很好吃喔！

関俊傑：じゃ、それにします。
那麼，我點糖醋排骨。

ウェイトレス：はい。ではお客様は。
好的。您呢？小姐。

川上友美：同じものをください。
請同樣來一份。

ウェイトレス：他に何かご注文はございませんでしょうか。
你們還要點其他的嗎？

関俊傑（カンシュンケツ）：そうですね、先に注文した二つの骨付き肉の甘酢あんかけは、一つをヒレステーキにかえくださいませんか。

嗯，剛才我們點的兩份糖醋排骨，其中一份換成腓力牛排好嗎？

ウェイトレス：かしこまりました。ステーキの焼き加減は？レア、ミディアム、ウェルダンのどちらにいたしましょう。

好的。您的牛排要幾分熟呢？3分、5分還是全熟？

関俊傑（カンシュンケツ）：ウェルダンでお願いします。それからミックス野菜サラダを一つください。

我要全熟的，還要一份綜合生菜沙拉。

ウェイトレス：はい。デザートは如何でしょうか。

好的。您要什麼點心呢？

川上友美（かわかみともみ）：果物とアイスクリームをお願いします。

我要水果和冰淇淋，謝謝。

mp3 33-05-3

割りに	わりに	（0/副）	比較地
済ませる	すませる	（3/他下一）	應付
バタートースト	butter toast	（4/名）	奶油吐司
玉葱	たまねぎ	（3/名）	洋蔥
ピーマン	piment	（1/名）	青椒
徹夜	てつや	（0/名,自サ）	熬夜
夜食	やしょく	（0/名）	宵夜
魚介	ぎょかい	（0/名）	海鮮的總稱
承る	うけたまわる	（5/他五）	受理
窓際	まどぎわ	（0/名）	窗邊
スペシャル	special	（2/名）	特別的
甘酢	あまず	（0/名）	糖醋
あんかけ		（0/名）	勾芡
ヒレ	filet	（0/名）	牛或豬的腰背部份最上等的肉
切り替える	きりかえる	（4/他下一）	改換
加減	かげん	（0,1/名）	程度
サラダ	salad	（1/名）	沙拉
デザート	dessert	（2/名）	甜點

PART 4

介紹自己的
休閒活動

きゅうじつ　す　　かた
休 日の過ごし方

原來如此！

日本棒球
常用術語

　　棒球在日本發展已久，許多棒球用語日漸轉變為「和製英語」，和美國所使用的用語有許多不同之處。以下列舉一些重要的日、美棒球用語，讓我們來比較一下差異：

日語	英語	意義
オープン戦せん	• exhibition game • re-season game	於球季常規比賽的前後，所舉行的非常規比賽
オーバースロー	• over arm pitch	越過肩上的投球方式英語中overthrow則指「暴投」
イレギュラーバウンド	• bad hop	因場地關係所產生的不規則彈跳
クリーンナップ	• heart of the order	指三棒～五棒中心打者

日語	英語	意義
ゲームセット 試合終了 <small>し あいしゅうりょう</small>	• that's the game • the game's over • game and set • that's the ballgame.	比賽結束
ゴロ	• ground ball	滾地球
サヨナラ ホームラン	• walk off home run • game-ending home run	再見全壘打
スコアリング ポジション	• scoring position	二壘與三壘的總稱 得點圈
ストッパー	• closer	最後一局上來的救 援投手(守護神)
敬遠 <small>けいえん</small>	• intentional walk	故意四壞球保送

私は盗塁が得意で、隙を見て内野手の守備を崩そうとします。

我很擅長盜壘，有時候會趁機擾亂內野手的守備。

本当にナイスプレーですね。

真是一次精彩的演出。

ストライクアウト！

三振出局！

四番バッターはソロホームランを打ち出した。

第四棒敲出一支陽春全壘打。

次の打者が今バッターボックスに立ちました。

接替的打者現在已經站上了打擊區。

ホームチームの監督はピッチャーを変えることにしました。

地主隊的教練決定要換投手了。

満塁ホームランはこの試合で一番の見所です。

我認為滿貫全壘打是這場比賽最棒的部份。

私が中外野手なのは、走るのが速いからです。

我是中外野手，因為我移動的速度很快。

私は一つの試合で五本ヒットを打ったことがあります。
我曾經一場比賽打了五支安打。

時には朝はずっとスライディングの練習をすることもあります。
有時候我會花一整個早上練習滑壘。

昔はいつも夜中に起きて野球の生中継を見ていました。
我之前常在半夜起來看棒球實況轉播。

黄明慧：うわあ。このスタジアムはきっと私が今まで見た中で、一番大きいスタジアムですよ。

哇！這座運動場一定是我所見過最大的了。

藤谷啓二：でしょう。シアトルの「セーフコ・フィールド」はその大きさで世界中から注目されているんです。

沒錯，西雅圖的「聖菲哥棒球場」就是以巨大的建築規模而聞名於世的。

黄明慧：じゃあ、重要な試合はほとんどここで行われるんでしょうね。

難怪大部份重要的比賽都在這裡舉行。

藤谷啓二：そうですよ。今日のＭＬＢオールスターゲームもそうです。

對呀，像今天的美國職棒大聯盟明星賽就是。

黄明慧：ここに来る前に、私はシアトルマリナーズで大活躍しているあのスパースター、イチロー選手に投票してきたんですよ。

來此之前，我已經把票投給西雅圖水手隊最活躍的超級棒球明星──鈴木一朗了。

藤谷啓二：彼は新人として、史上初めて両リーグを通じてファン投票最多票を獲得したんですよ。

他可是有史以來，獲得兩大聯盟球迷投票數最高的新進選手呢！

黄明慧：本当！それはすごいですね。
真的嗎？太了不起了！

（席から飛びあがって）
（從座位上跳起來）

藤谷啓二：黄さん興奮しすぎですよ。
妳會不會太激動了一點呀？

黄明慧：ごめん、でもイチロー選手は本当に私、大好きなんです。
抱歉，但他真的是我心目中的英雄嘛！

藤谷啓二：ハハハ、平気、平気。黄さんはイチロー選手のファンなんだね。
哈哈！沒關係，我知道妳是他的大粉絲。

黄明慧：そうそう。イチロー選手みたいな選手は、他にはいないですよ。
沒錯。鈴木一朗已經無人能出其右了。

藤谷啓二：ああ、そうですね。
沒錯，我認同妳的看法。

黄明慧：でしょう。だから、私はイチロー選手が好きなんですよ。
對吧？那就是我會如此喜歡他的原因。

藤谷啓二：あっ、見て見て。イチローの出番だ。
嘿，趕快看！鈴木一朗上場了。

黄明慧：あ。本当にイチローだ。興奮し過ぎて言葉が出ないくらい。
喔，真的是他！我幾乎興奮地說不出話來了！

藤谷啓二：いつも日本語で応援しますか。
妳都是用日語為他加油嗎？

黄明慧：もちろんです、野茂英雄がメジャー・リーグに来てから、日本語も少し勉強したんですよ。
當然啦，自從野茂英雄來到大聯盟後，我就學會幾句日語了。

藤谷啓二：黄さんは本当に日本に詳しいですよね。
妳真是一個日本通。

盗塁	とうるい	（0/名,自サ）	盜壘
バッター	batter	（1/名）	打者
ストライク	strike	（3/名）	好球
ソロホームラン	solo home run	（5/名）	一分打點全壘打
打ち出す	うちだす	（3,0/他五）	打出
打者	だしゃ	（1/名）	打者
バッターボックス	batter's box	（5/名）	打擊區
ホームチーム	home team	（4/名）	地主隊
監督	かんとく	（0/名,他サ）	教練；導演
ピッチャー	pitcher	（1/名）	投手
満塁	まんるい	（0/名）	滿壘
見所	みどころ	（0,2/名）	精彩之處
スライディング	sliding	（0/名,自サ）	滑壘
夜中	よなか	（3/名）	半夜
生中継	なまちゅうけい	（3/名,自サ）	現場直播
スタジアム	stadium	（2,3/名）	棒球場；競技場
シアトル	Seattle		西雅圖
注目する	ちゅうもくする	（0/自他サ）	注目
MLB	エムエルビー＝Major League Baseball		美國職棒大聯盟
活躍	かつやく	（0/名,自サ）	活躍

史上	しじょう	（0/名）	歴史上
リーグ	league	（1/名）	聯盟
ファン	fan	（1/名）	愛好者；～迷
最多	さいた	（0/名）	最多
飛び上がる	とびあがる	（4/自五）	跳起；跳躍
興奮	こうふん	（0/名,自サ）	興奮；激動
平気	へいき	（0/名,形動ダ）	沒關係
出番	でばん	（0,2/名）	出場

原來如此！

日語裡的
籃球術語

　　籃球比賽中，上場球員所在位置皆有其特定的名稱，有些也是我們相當耳熟能詳的。以下是籃球球員防守位置的日語用法：

鋒線（包括大前鋒、小前鋒、中鋒）	フロントライン frontline	
中鋒（5號位置球員）	センター center	C
前鋒	フォワード forward	
大前鋒（4號位置球員）	パワー・フォワード power forward	PF
小前鋒（3號位置球員）	スモール・フォワード small forward	SF
控球後衛（組織後衛／1號位置球員）	ポイント・ガード point guard	PG
得分後衛（2號位置球員）	シューティング・ガード （セカンド・ガード） shooting guard	SG
搖擺人（擔任得分後衛及小前鋒的球員）	スウィングマン swingman	

バスケットボールは私の生活の中でとても重要なものです。

打籃球是我日常生活中一個相當重要的部分。

．．

どんな天気の日にも、毎日バスケットボールをやっています。

不管天氣怎樣，我都每天打籃球。

．．

私はバスケットボールが得意です。

我籃球打得不錯。

．．

大学の頃には、学校のチームでフォワードをやっていました。

唸大學的時候，我在校隊打前鋒。

．．

先週、土曜日の夜は友達と台北市立運動場へバスケットボールの試合を見に行きました。

上星期六晚上我和朋友到台北市立體育場觀看籃球比賽。

．．

私はいつもテレビでバスケットボールの試合を見ています。

我通常都看電視上的籃球比賽。

．．

私 はマイケル・ジョーダンが大好きです。それはマイケルがただバスケットボールが上手だからというだけではなく、彼のリーダーシップでチームが八年で六回もＮＢＡチャンピオンを取ったことがあるからです。

我愛死了麥可喬丹，不僅因為他籃球打得好，而且他還帶領球隊在8年內6度贏得美國職業籃球總冠軍。

- -

私 がバスケットボールが大好きなのは、エキサイティングで面白いからです。

我最喜歡打籃球，因為它既刺激又有趣。

- -

私 は毎週土曜日の午後に近くの高校でバスケットボールをしています。

我每週六下午都到附近的高中打籃球。

- -

バスケットボールのおかげで背が伸びました。

打籃球使我長得更高了。

- -

mp3 41-02-2

劉凱蒂：あ、藤川さん、どこへ行くんですか。
嗨，藤川，你要去哪裡？

藤川裕也：バスケットボールの試合を見に行くんですけど、一緒に行きませんか。
我要去看籃球賽，妳要和我一起去看嗎？

劉凱蒂：一緒に行ってもいいですか。
我可以加入嗎？

藤川裕也：もちろん、いいですよ。
當然，歡迎。

劉凱蒂：バスケットボールが好きなんですか。
原來你喜歡籃球啊？

藤川裕也：大好きですよ。
我迷死籃球了。

劉凱蒂：どのチームを応援してるんですか。
你支持哪一隊？

藤川裕也：ロサンゼルス・レイカーズですよ。シャキール・ラシャウン・オニールがいるからね。オニールの大ファンなんです。
洛杉磯湖人隊，裡面有俠客歐尼爾，我是他的忠實球迷。

劉 凱蒂（リュウカイ ティ）：どうしてそんなにオニールが好きなんですか。
你為什麼那麼喜歡他呢？

藤川裕也（ふじかわゆうや）：オニールのダンクシュートはすごくかっこいいからです。
他那種強力灌籃的方式簡直是帥呆了。

劉 凱蒂（リュウカイ ティ）：ああ、そうですね。でも私（わたし）が一番（いちばん）好（す）きなのはやはりマイケル・ジョーダンですね。彼（かれ）こそバスケットボールの神様（かみさま）だと思（おも）うんです。
對啊，是滿驚人的。但是我的最愛依然是麥可喬丹，他是我心目中的籃球之神。

藤川裕也（ふじかわゆうや）：ジョーダンはもう引退（いんたい）したでしょう。それに、年（とし）のせいで昔（むかし）みたいなパフォーマンスはもう無理（むり）じゃないんですか。
他已經退休了，不是嗎？何況，他可能因為年紀太大而無法表現得和往常一樣好了。

劉 凱蒂（リュウカイ ティ）：うん、ジョーダンは引退（いんたい）したんですけど、次（つぎ）のＮＢＡ（エヌビーエー）シーズンで復帰（ふっき）するんですよ。ワシントン・ウィザーズに所属（しょぞく）するんですって。
沒錯，他是退休了，但是他即將在下一個球季的美國職業籃球賽中再度復出，他將會加入華盛頓巫師隊。

藤川裕也（ふじかわゆうや）：うわ、本当（ほんとう）ですか。それはすごい大（だい）ニュースですね。

哇，真的嗎？那一定會造成很大的轟動。

劉凱蒂（リュウカイティ）：でしょう。

這是當然的囉！

豆知識（まめちしき）　日本職籃BJ League

BJ League是以地域為根本，由數個地方企業出資支持的營運形態為目標，並參考美國四大聯盟中的NBA及NFL，除各比賽的賣票收入之外，尚有電視轉播權、商品販賣、聯盟及贊助商的簽約金等等的收入，由各隊平均分配。

得意	とくい	（2,0/名,形動ダ）	擅長
フォワード	forward	（0,2/名）	前鋒
試合	しあい	（0/名）	運動等比賽
リーダーシップ	leadership	（5/名）	領導能力
チャンピオン	champion	（1/名）	冠軍
エキサイティング	exciting	（3/形動ダ）	令人感到刺激的
おかげ		（0/名）	他人的幫助
背が伸びる	せがのびる		長高
ダンクシュート	dunk shoot	（4/名）	強力灌籃
神様	かみさま	（1/名）	～之神
引退	いんたい	（0/名,自サ）	引退
せい		（1/名）	導致某種不好結果的原因
パフォーマンス	performance	（2/名）	表演；表現
NBA	エヌビーエー	（1/名）	國家籃球協會
復帰	ふっき	（0/名,自サ）	回到原來的職位；復出
所属	しょぞく	（0/名,自サ）	屬於某團體

原來如此！

日本的
摔角文化

常見的「**摔角招式**」日文怎麼說：

逆蝦式固定	逆<ruby>エビ<rt>ぎゃく</rt></ruby>固め	將對手壓制在地上，將其雙腳向上反折。
金臂勾	ラリアット	手臂打橫後一直線朝對手的胸口和喉頭攻擊。
衝刺式肘擊肘擊	ランニング・エルボー	衝刺後從正面以手肘橫擊。
落下	エルボードロップ	從空中垂直落下之肘擊
猛虎原爆固定	タイガー・スープレックス・ホールド	從後方鎖住對手的手臂後，舉起對手身體倒轉，頭下腳上的著地衝擊。
龍捲腳	ドラゴン・スクリュー	抓住對手的一隻腳後，全身往內側迴轉，使對手失去平衡並重創其膝蓋部份。

私はプロレスの<ruby>大<rt>だい</rt></ruby>ファンなんです。

我是個職業摔角迷。

私がプロレスが好きなのは、力強いからです。

我喜歡職業摔角是因為那強大的力量所帶來的刺激感受。

私はレスリングの決め手は良い経験とテクニックだと思います。

我認為摔角致勝的祕訣在於良好的經驗和技巧。

私個人としては、レスリングの試合が見られないと、生活が虚しく無意味だと感じます。

就我個人的觀點而言，如果不看摔角，我的生活將會變得空虛且毫無意義。

私はＩ Ｗ Ｇ Ｐ(International Wrestling Grand Prix)を見たいんです。

我想看國際摔角大賽。

新日本プロレスリーグには別に応援している選手がいないんです。

新日本摔角聯盟裡，我沒有特別支持哪一位選手。

これは今まで見た中で一番素晴らしい試合の一つです。

這是我看過最精彩的比賽之一。

応援している選手が 私 達を失望させないようにと願っています。

我希望我們支持的選手不會讓我們失望。

私は悪役の勝ちだと思ったんです。

我原以為反派角色要贏了。

そのエルボーは確かに見事です。

那次肘擊的確漂亮。

小橋敬司：やったー。また勝った。小島聡、最高。

喔～YA！又贏了一場。小島聰，你是最棒的！

蝶野晴子：まるで子供みたいね、敬ちゃん。今日はもういっぱいレスリング観戦したでしょう。テレビの前にバカみたいに四時間も座りっぱなしじゃない。ちょっと外に出てみましょうよ。

你聽起來像個小孩似的，小敬。你不覺得今天已經看夠多的摔角了嗎？你坐在那台電視機前像個傻瓜一樣至少已經有4個小時了！我們去外面走走，好不好？

小橋敬司：何言ってるの、晴ちゃん、レスリングの良さが分からないんだなぁ。今日は週末だし、ちょっとリラックスしたいよ。プロレス観戦が一番好きなレクリエーションなんだから。

別那麼說，那是妳不懂摔角。今天是週末，我想輕鬆一下嘛。看職業摔角比賽是我最喜歡的休閒活動。

蝶野晴子：でもそうすれば、何もできないじゃない。こんなくだらない試合を見てばっかり。

但是我們就什麼事都不能做了！你就只會看這些無聊的比賽！

小橋敬司：何言ってるんだよ、もし試合をもっと分かれば、きっと好きになるよ。

妳怎麼這麼說呢？如果妳對這些比賽有更多了解的話，妳也會喜歡上摔角的。

蝶野晴子：そうかなあ。よく分からないよ。どうしてこの黒いパンツはそんなに悲鳴をあげてるの。事前の打ち合わせがあるんじゃない。

會嗎……？真是令人搞不清楚。譬如說，為什麼這個穿黑色褲子的人叫得這麼誇張，這不都是套好招的嗎？

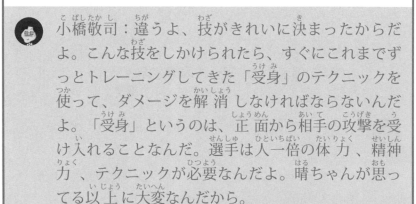

小橋敬司：違うよ、技がきれいに決まったからだよ。こんな技をしかけられたら、すぐにこれまでずっとトレーニングしてきた「受身」のテクニックを使って、ダメージを解消しなければならないんだよ。「受身」というのは、正面から相手の攻撃を受け入れることなんだ。選手は人一倍の体力、精神力、テクニックが必要なんだよ。晴ちゃんが思ってる以上に大変なんだから。

才不是呢！那些招式可是紮紮實實地展現在每位選手身上，在作出反應的瞬間，必須運用自己長期訓練的「受招」技巧將損害加以抵銷。所謂的「受招」就是不躲不閃、完全承受對手打擊的意思。選手必須擁有過人的體力、精神力以及技術才行，不是妳想的那麼簡單的。

蝶野晴子：この人達、しばらくの間は組み合わなければならないんだね。

這些人看來必須互相摔來摔去好一段時間才有結果。

小橋敬司：そう言うとつまらなさそうに聞こえるなあ、本当に面白くて刺激的な試合だよ。
聽起來好像很無趣，但是它真的是一項既有趣又刺激的比賽活動。

蝶野晴子：敬ちゃんにとってはそうかもしれないけど、私にとってはそうじゃないよ。外で散歩するほうが家でテレビばかり見るよりずっと健康だと思います。
對你而言或許是，但對我而言不是。我想出去走走總比整天待在家裡看電視健康多了。

小橋敬司：今度生観戦に連れて行ってあげますよ、絶対に面白いと思うから！
下次我帶妳去看現場的摔角比賽吧，絕對會很好玩的！

プロレス	プロフェッショナルレスリング的簡稱	（0/名）	職業摔角
力強い	ちからづよい	（5/形）	強而有力的
決め手	きめて	（0/名）	決定性的招數
テクニック	technic	（1,3/名）	技巧
虛しい	むなしい	（3,0/形）	空虛的
悪役	あくやく	（0/名）	反派角色
見事	みごと	（1/形動ダ）	了不起的
リラックス	relax	（2/名,自サ）	放鬆
くだらない		（0/連語）	無聊的
悲鳴	ひめい	（0/名,自サ）	慘叫
打ち合わせ	うちあわせ	（0/名,自サ）	事前討論
技	わざ	（2/名）	招數
仕掛ける	しかける	（3/他下一）	展開攻勢
トレーニング	training	（2/名,自サ）	訓練
ダメージ	damage	（2,1/名）	損害
解消	かいしょう	（0/名,他サ）	解除；抵銷
避ける	さける	（2/他五）	避開；閃躲
人一倍	ひといちばい	（0/名）	比人更……的
組み合う	くみあう	（3,0/自五）	扭打
つまらない		（3/形）	無聊的

ゴルフとテニス

04

原來如此！

日本的
高爾夫球&網球

● 高爾夫球運動的日文術語：

計分	術語	定義
-4	トリプルイーグル（三鷹 Triple Eagle）	低於標準桿 4 桿
-3	ダブルイーグル（雙鷹 Double Eaagle）	低於標準桿 3 桿
-2	イーグル（老鷹 Eagle）	低於標準桿 2 桿
-1	バーディー（小鳥 Birdie）	低於標準桿 1 桿
+0	パー（標準桿 Par）	平標準桿
+1	ボギー（柏忌 Bogey）	高於標準桿 1 桿
+2	ダブルボギー（雙柏忌 Double Bogey）	高於標準桿 2 桿
+3	トリプルボギー（三柏忌 Triple Bogey）	高於標準桿 3 桿
+4	クォドループルボギー（四柏忌 Quadruple Bogey）	高於標準桿 4 桿

- 世界四大網球公開賽：

比賽時間	比賽名稱	地點	場地
1月	澳大利亞網球公開賽 （全豪オープン）	墨爾本	硬地
5月〜6月	法國網球公開賽 （全仏オープン）	巴黎	紅土地
6月〜7月	英國溫布頓網球錦標賽 （ウィンブルドン）	倫敦	草地
9月	美國網球公開賽 （全米オープン）	紐約	硬地

- 網球場地各部位名稱：

サービスライン	service line	發球線
サイドライン	side line	邊線
ベースライン	base line	底線
センターサービスライン	center service line	發球中線
センターマーク	centermark	中央標誌
ネット	net	球網
アレー	array	邊道
ボール	ball	網球
ラケット	racket	網球拍

ゴルフ練習場では新しい七番アイアンを試しに使ってみました。

我在高爾夫球練習場試用我新的7號球桿。

私は時間があるとゴルフ練習場へ行って、練習します。

我有空就會去高爾夫球練習場練球。

私は家からかなり離れているゴルフクラブに入会したことがあります。

我參加過一個高爾夫球俱樂部，它離我家很遠。

これは私のゴルフ歴で初めてのイーグルです。

這是我第一次得到「低於標準桿兩桿」的成績。

九番ホールでちょうど池越えショットをしました。

在第九洞時，我剛好把球打過水池。

テニスファンだから、どのオープンテニストーナメントも決して見逃さない。

我是個網球迷，所以我決不會錯過每一場網球公開賽。

会費が高すぎるため、どのテニスクラブにも入会していない。

因為會費太高了，所以我沒有參加網球俱樂部。

ハードコートでテニスをする方_{ほう}が好きです。

我比較喜歡在硬地上打網球。

テニスをする体_{からだ}の動_{うご}きはとても美_{うつく}しいと思_{おも}います。

我覺得打網球的動作看起來十分賞心悅目。

テニスをする度_{たび}にへとへとになってしまいます。

每次打完網球後我就精疲力盡了。

あれは私_{わたし}の初_{はじ}めてのサーブが直_{ちょく}接_{せつ}ポイントとなる試合_{しあい}でした。

那是我第一次直接發球得分的網球比賽。

mp3 41-04-2

梅木雅夫：このゲーム、とてもよかったですよ、王さん。

妳這局打得太好了。

王維真：ハハ、ありがとうございます。先週、買ったこの新しいクラブのおかげかな。このクラブは不思議でね、なんていうか、手触りが丁度いい感じです。

嘿，謝謝。我想是因為上星期買的這支新球桿的關係，這球桿真是不可思議！該怎麼說呢……，它握起來感覺可說是恰到好處。

梅木雅夫：そうなんですか。しかも六番ホールでホールインワンを出したんですね。

是啊，沒錯。而且在第6洞時，妳就一桿進洞了。

王維真：そう、ついてたんですよね。

對啊，運氣真好。

梅木雅夫：いやいや、あのショットは本当に素晴らしかったと思いますよ。

不，我認為那一桿打得真好。

王維真：そうですか、ありがとう。

不管怎樣，還是謝謝你啦！

梅木雅夫：そうだ。王さんのクラブを使ったら、私もいい成績が出せるかな。

對了，如果我用妳的球桿，會對我的成績有幫助嗎？

王維真：うん、いいと思いますよ。それに、梅木さんはゴルフのセンスがあるから、授業を受けたらきっと今以上にうまくなると思います。

喔，我相信可以。而且，你有相當不錯的潛力，如果能去上幾堂課的話效果會更好。

梅木雅夫：本当ですか。でも、まだ初心者ですから。

真的嗎？不過我只是個初學者。

王維真：それは心配ありませんよ。あ、今日は調子がいいですね、特に十二番ホールは良かったんです。

不必擔心這個啦！何況，你今天狀況相當好，尤其在第12洞。

梅木雅夫：そうね、そのショットでホールインワンしたんです。でも、たまたまですよ。

是啊，我的確在那一球一推就進洞，但我認為那球是陰錯陽差。

王維真：ええ、そんなことないですよ、たまたまではホールインワンになるはずがないじゃないですか。

嗯，不見得。你真的應該以一桿進洞感到驕傲。

梅木雅夫：まあ、ありがとう。とにかく、もっと練習しなければならないですね。

好啦，多謝妳的稱讚。總之我知道我應該再多加練習就是了。

王維真：確かに。では、テニスの方はどうですか。
確實如此，那麼你網球打得怎樣？

梅木雅夫：ああ、サーブにはとても自信がありますよ。
喔，我對自己的發球相當有自信。

王維真：普段は誰と一緒にテニスをするんですか。
那你通常都和誰一起打網球？

梅木雅夫：同僚とね。会社で同じくテニス愛好会のメンバーでもありますし。
我和同事一起打，而且我們也是公司網球同好的成員。

王維真：それはいいですね！私はまだやり始めたばかりで、サーブもいまいちなんです。今度一緒に練習させてもらってもいいですか。
聽起來很棒耶！我才開始學，而且發球還發不好。我下次可以跟你們一起練習嗎？

梅木雅夫：もちろん、何時だって喜んでお相手しますよ。
當然可以，隨時奉陪。

アイアン	iron	（1,0/名）	高爾夫球鐵桿
鍛える	きたえる	（3/他下一）	鍛練
倶楽部	くらぶ	（1/名）	同好會；倶樂部
ショット	shot	（1/名）	擊球
オープントーナメント	open tournament	（5/名）	公開賽
コート	court	（1/名）	球場
へとへと		（0/形動ダ）	筋疲力盡的樣子
サーブ	serve	（1/名,自サ）	發球
クラブ	club	（1/名）	高爾夫球桿
手触り	てざわり	（2/名）	觸感
初心者	しょしんしゃ	（2/名）	初學者
たまたま		（0/副）	偶然
メンバー	member	（1/名）	會員；成員
いまいち		（2/連語）	還要再努力
喜ぶ	よろこぶ	（3/自五）	喜悦；樂意；期盼
相手	あいて	（3/名）	陪伴

化粧とスキンケア

けしょう

01

原來如此！

化妝與保養
常用語彙

● 常用的「化妝品」日文怎麼講：

化粧下地	けしょうしたじ	妝前打底
ベースメイク	base make	底妝
リキットファンデーション	liquid foundation	粉底液
パウダーファンデーション	powder foundation	粉餅
クリームファンデーション	cream foundation	粉底霜
ルースパウダー	loose powder	蜜粉
コンシーラー	concealer	遮瑕用品
プレストパウダー	pressed powder	蜜粉餅
マスカラ	mascara	睫毛膏
アイブローペンシル	eyebrow pencil	眉筆
チーク	cheek	腮紅
マニキュア	manicure	指甲油
アイラッシュカーラー	eyelash curler	睫毛夾
リップスティック	lip stick	口紅
グロス	gloss	唇蜜

● 常見的「保養品」日文怎麼講：

ローション	lotion	化妝水
クリーム、乳液(にゅうえき)	cream	乳液
エッセンス	essence	精華液
ホワイトニング、美白(びはく)	whitening	美白
リフトアップ	lift up	緊實
ミスト	mist	噴霧
ジェル	gel	凝露
パック、マスク	pack/mask	面膜
ヒアルロン酸(さん)	hyaluronic	玻尿酸
アルブチン	arbutin	熊果素
コラーゲン	collagen	膠原蛋白
エキス	extract	萃取
マトリキシル	matrixyl	五胜肽
アルジルリン	argireline	六胜肽
イデベノン	Idebenone	艾地苯

マスカラをつけないと、元気なさそうに見えるんです。

我如果沒有上睫毛膏，就會看起來很沒精神。

メイクのテクニックをもっと知りたいので、メイクの講習を受けました。

我想多了解一些化妝的技巧，因此我參加了一個化妝的課程。

メイクは自信を持たせてくれますが、お金が沢山かかります。

化妝使我有自信，但也讓我花了不少錢。

小さい頃から母の口紅をこっそりつけていました。

小時候，我就會偷偷搽媽媽的口紅。

私は以前、薄いメイクしかしなかったんですが、今はスモーキーアイメイクをやってみたいと思っています。

我以前只化淡妝，現在我想嘗試看看煙燻眼妝。

私はインターネットで化粧品についての情報を調べます。

我在網路上搜尋關於化妝品的知識。

これはオイルフリーなのに、しっかりメイクを落とすことができます。

這個雖然不含油質，卻可以把妝卸得很乾淨。

鍾佳卉：こんにちは、則子。則子はメイクに詳しいんですか。
嘿，則子。妳會化妝嗎？

高槻則子：うん。
我當然會。

鍾佳卉：いつ頃から化粧しているんですか。
妳什麼時候開始化妝的？

高槻則子：高校の時からですね。
大概從高中的時候開始吧！

鍾佳卉：その時誰かに教わったんですか。
當時有人教妳嗎？

高槻則子：うん、クラスメート同士お互いに練習したんです。
嗯，是跟同學之間彼此摸索出來的。

鍾佳卉：化粧してると肌は荒れないんですか。
化妝後，皮膚是不是會變差呀？

高槻則子：それはね、メイクをきちんと落として、その後弱酸性の化粧水でたっぷり水分補給したら、かえって肌の状態が良くなるんですよ。
其實只要確實做好卸妝動作，之後利用弱酸性的化妝水充分保濕，皮膚反而會變好呢！

鍾佳卉：ええっ、知りませんでした。私もちゃんと肌のケアをし始めなければなりませんね。本当の年齢より若く見られたいんですからね。

哇！我都不知道。我也要開始好好保養我的肌膚，讓自己看起來比實際年齡年輕。

高槻則子：うん、自分にふさわしいスキンケア商品を選ぶことが大切みたいです。高いからって肌に合うとは限らないんですから。

嗯，選擇適合自己的保養品很重要，貴的東西不一定就適合自己喔！

鍾佳卉：そうは言っても、パッケージも気になりますよね。パッケージが素敵だと肌の手入れをする時に気分がいいじゃないですか。

不過，我覺得包裝設計也是我很在意的部份，看起來精緻的外型設計會讓我在保養時感到愉悅。

高槻則子：そうだよね。本当に困るんですよね。このあいだもデパートのバーゲンで、いっぱい買ってしまいました。

是啊！那真是讓人無法招架。最近百貨公司的週年慶，我就敗了不少。

鍾佳卉：ハハ、「女性をターゲットにした方が儲かる」っていいますからね。

哈哈，怪不得人家說女人的錢最好賺。

高槻則子：笑わないでよ、普段の仕事はこんなにキツイし、たまには自分にご褒美をあげたっていいじゃないんですか。

別笑我，平常的工作這麼辛苦，小小的犒賞一下自己也是無可厚非的嘛！

豆知識 日本女孩的化妝年齡

在日本街頭看到的日本女生絕大部分都有化妝，即使只是淡淡的妝也絕不會素著顏就出門。現在甚至連日本的百貨公司也有設置兒童化妝品區，可見日本女生從小就開始化妝了。上了國、高中之後，女孩們會切磋化妝技巧，天天練習。也會買流行雜誌學習新的化妝技巧，或仿傚偶像明星的妝容等。

こっそり		（3/副）	悄悄地
しっかり		（3/副,自サ）	確實地
教わる	おそわる	（0/他五）	跟…學習
同士	どうし	（1/名）	同伴
荒れる	あれる	（0/自下一）	變差；失常
弱酸性	じゃくさんせい	（0/名）	弱酸性
きちんと		（2/副）	整齊地；正確 合宜地
かえって		（1/副）	反而
ふさわしい		（4/形）	適合的；相配的
気になる	きになる		在意
デザイン	design	（2/名,他サ）	設計
手入れ	ていれ	（1/名）	照料；保養
気分	きぶん	（1/名）	心情
バーゲン	bargain	（1/名）	大特價
ターゲット	target	（1/名）	目標
儲かる	もうかる	（3/自五）	賺錢
きつい		（0,2/形）	嚴苛的
褒美	ほうび	（0/名）	犒賞

02

ロハスな生活

せいかつ

原來如此！

全球的
樂活主張

　　樂活（ロハス／LOHAS）是 Lifestyles of Health and Sustainability 的縮寫，意即「追求健康與永續發展的生活態度」。樂活的具體行動包含了「愛健康、愛地球（健康と地球環境にやさしいライフスタイル）」。從環保袋、有機食品和綠色食品的流行，到有機連鎖超市的出現，這股風潮逐漸席捲全球。樂活儼然成為一種新的生活意識、新的時尚。

地球温暖化 ち きゅう おん だん か	地球暖化
自然食 し ぜん しょく	自然飲食
栄養サプリメント えいよう	營養補給品
オーガニック	有機的
自然医療 し ぜん い りょう	自然療法
自然派化粧品 し ぜん は け しょう ひん	無添加化妝品
農家レストラン のう か	農村餐廳
エコ住宅 じゅうたく	環保住宅
自然系洗剤 し ぜん けい せん ざい	天然洗潔劑
環境負荷のすくない交通システム かん きょう ふ か　　　　　　　こうつう	不對環境造成負擔的交通工具

私は外食する時に自分の箸を持っていきます。

我出外用餐時，都會自備環保筷。

それらの景品は無料だけど、使う機会がまったくないので、やっぱりもらわないことしよう。

那些贈品雖然免費，但是因為我根本用不到，所以還是不要拿吧！

ものを買う時に、まずその原料は天然成分かどうかを確認します。

買東西時，我總會先確認它的成份是否天然。

私は毎日折り畳み自転車で通勤しています。

我每天騎小折（折疊式腳踏車）上班。

私はシンプルライフが好きです。

我喜歡簡單的生活。

自分で植えた野菜を食べる度に、達成感を感じます。

每當吃到自己種的菜，就充滿了成就感。

有機野菜とは化学肥料や農薬などを二年以上散布していない土地で作られた野菜を言います。

『有機蔬菜』是指兩年以上、未噴撒化學肥料和農藥的土地所種植出來的蔬菜。

川のせせらぎと澄んだ空気の中で食べる食事は最高です。

在潺潺流水聲和新鮮空氣的陪伴下用餐，真是一大享受。

（在超級市場中，優斗和朋雯剛好遇到）

梶島優斗：こんばんは、これは夕飯のおかずですか。
嗨，這些是妳的晚餐配菜嗎？

陳朋雯：ええ、そうです、全部、私が大好きな野菜なんです。
喔，是的，都是我喜歡的菜。

梶島優斗：全部野菜類みたいですね、お肉はないんですか。
好像都是青菜類，沒有肉喔？

陳朋雯：そう、ないです、最近はちょっと味付けは薄くして、油を取り過ぎないようにしたいですから。
是啊，因為最近想吃清淡一點，不想吃太油。

梶島優斗：健康的でいいですね、今こういう自然食が流行ってるみたいですね。
這樣感覺很健康呢，像這樣的自然飲食現在很流行呢！

陳朋雯：実は前、野菜も自分で作ってたんです。だんだん忙しくなってきたからやめてしまったけど。
其實我前陣子還有自己種菜，最近比較忙才停止了。

梶島優斗：凄いね。
真厲害！

陳朋雯：いま外で危ない 食品 が 続 出 しているから、自分で作って、料理した方が安心だと思うんです。

現在外面黑心食品層出不窮，自己種、自己煮比較安心。

梶島優斗：そう言えば、陳さんの生活ってすごく健康的ですね。普段からよく歩いて、あまり車の運転しないでしょう。

這麼說起來，陳小姐的生活真的很健康呢！平常妳也常常走路運動，很少開車吧？

陳朋雯：そうですね。大気汚染を減らせるし、体にもいいし。

對，不但減少空氣污染，對身體也很好。

梶島優斗：みんながあなたのようなら、地球が助かりますね。

如果大家都像妳這樣，地球就有救啦！

陳朋雯：ハハ、言い過ぎですよ。実はとても小さい事ですから、もしみんなが環境にもうちょっと思いやりがあれば、地球を美しいまま未来の子供たちに残せると思います。

哈！太過獎了。這其實都是小事，大家都能對環境多一份關心的話，就能留給下一代孩子一個美麗的地球。

梶島優斗：その通りですよね。よし、私もロハスな
生活を始めるぞ。
沒錯。看來，我也要來開始我的樂活人生喔！

陳朋雯：こんな生活こそ今の流行ですよね。
這樣的生活態度才算是真正的「時尚」！

自分の箸	じぶんのはし	（5/名）	攜帶式環保筷
景品	けいひん	（0/名）	隨消費附送的贈品
無料	むりょう	（0/名）	免費
まったく		（0/副）	完全
折り畳み	おりたたみ	（0/名）	折疊式的
植える	うえる	（0/他下一）	栽種
達成感	たっせいかん	（4/名）	成就感
散布	さんぷ	（1/名,他サ）	噴撒
せせらぎ		（0/名）	小溪流水聲
澄む	すむ	（1/自五）	清澈
おかず		（0/名）	配菜
味付け	あじつけ	（0/名,他サ）	調味
だんだん		（3,0/副）	漸漸地
危ない	あぶない	（0,3/形）	危險的
続出	ぞくしゅつ	（0/名,自サ）	層出不窮
運転	うんてん	（0/名,自他サ）	開車
大気汚染	たいきおせん	（4/名）	空氣污染
助かる	たすかる	（3/自五）	得救、免於勞苦
～まま		（2/副）	維持原狀
こそ		（副助）	才是

テレビとラジオ

原來如此！

日本的
廣播&電視

　　日本廣電市場的生態與民眾收視習慣與台灣不同，台灣有線電視較為普及，但日本是以無線電視為主。但相較之下，直播衛星及有線電視訂戶不高，影響力也不如無線電視業者。

　　而在日本之廣電規管體制方面，重在民間自律（媒體與廣告主），因此並沒有像台灣或是其它媒體先進國家的分級制度，電視畫面上也不會特別作標示。而日本之所以不使用這種分級方式的理由，是考慮到分級標示如果出現在電視畫面上，反而會引起兒童及青少年的好奇心。

　　日本於電視中最常見的廣告方式就是「置入性行銷」，日文稱為「プロダクトプレイスメント」(Product Placement)，也就是讓廣告主的「商品」或是「企業標誌」在連續劇等節目中曝光。

家のリビングルームには三十六インチのプラズマテレビがあります。

我家客廳有一部36吋螢幕的電漿電視機。

今夜は何か面白い番組があるか分かりません。

我不知道今天晚上有沒有什麼有趣的電視節目。

私は日本語の番組を決して見逃さない。

我從不錯過電視上任何一個日語節目。

普段はテレビを見る時間があまりありません。

我平常沒什麼時間看電視。

私が一番好きな番組は「究極のサバイバルアタックSASUKE」です。

我最喜歡的電視節目是「極限體能王」。

今夜の野球の試合は生中継されます。

今晚的棒球比賽是現場轉播。

私はテレビで映画とお昼のドラマを見ることが好きです。

我喜歡看電視影片和肥皂劇。

私 はいつもラジオをつけっ放しで、勉 強 の時さえもそうです。

我幾乎隨時都讓收音機開著，甚至連看書的時候也一樣。

私 は音楽を 中 心 としたラジオ番組が好きです。

我喜愛聽收音機裡純音樂性質的節目。

普通は英語や日本語の語学番組を聞くためにラジオを付けているんです。

我通常是為了收聽英日語教學節目，才使用收音機。

私 は寝る前にラジオをつけて聞いていると、寝つきがよくなります。

如果上床睡覺前開收音機的話，我可以很容易地入睡。

樫本結衣：ね、順ちゃん。明日は日曜日でしょう、昼は買い物に行くつもりなんだけど。一緒に行かない。

嗨，阿順。明天是星期天，中午我要去買東西，你要和我一起去嗎？

鄭泰順：それは無理。日曜日の昼は俺のスペシャルリラックスタイムだから。

不可能！星期天中午可是我的特別休閒時間耶！

樫本結衣：スペシャルリラックスタイムって、何。

什麼是特別休閒時間？

鄭泰順：日曜の昼にアニメ番組があるでしょう。例えば「ポケットモンスター」とかね。不思議なストーリーで悩みを忘れさせてくれる番組とか。それに、十チャンネルではアメリカＮＢＡの試合もあるし。

因為星期天中午的卡通節目啊。譬如「神奇寶貝」那種充滿幻想而可以忘掉煩惱的節目。還有，第10頻道的美國職業籃球賽。

樫本結衣：そうね。ＮＢＡの試合は本当に面白いよね。

是啊。美國職業籃球賽真的很好看。

鄭泰順：そうそう。一緒に見ようよ。

是啊。一起看嘛！

樫本結衣：私も本当に見たいけど、買わなければいけないものがたくさんあるし、……。
我真的很想跟你一起看，但是我真的要買好多東西，所以……。

鄭泰順：そんなに急ぐの。
有這麼急嗎？

樫本結衣：それほど急がないけど、せっかくの休日だから。
是沒有很急，可是難得放假啊！

鄭泰順：じゃ、ショッピングに行かないでよ。
那就別去逛街嘛！

樫本結衣：だめだよ。
不行啦。

鄭泰順：そう。分かった。ごめんね、今度買い物の時、また付き合ってあげるから。
好吧，我明白了。真對不起，下次再陪妳一起去。

樫本結衣：うん。きっとね。「指きり拳万、嘘ついたら針千本飲ます（註）」
好，一言為定喔。打勾勾，說謊的人要吞一千支針！

※註：日本的兒歌「指きり拳万、嘘ついたら針千本飲ます」，相當於我們說的「說謊的人是小狗」。

インチ	inch	（1/名）	英吋
プラズマ	plasma	（0/名）	電漿
リビング	living room的簡稱	（1/名）	客廳
番組	ばんぐみ	（0/名）	節目
見逃す	みのがす	（0,3/他五）	錯過
究極	きゅうきょく	（0/名）	終極
サバイバル	survival	（2/名）	存活；倖存
アタック	attack	（2/名,他サ）	攻擊
生中継	なまちゅうけい	（3/名）	實況轉播
昼ドラマ	ひるどらま	（3/名）	午間連續劇
～っ放し	～っぱなし		上接動詞連用形，表示維持該動作之狀態放置不管
さえ		（副助）	連……；甚至
寝つき	ねつき	（0/名）	入睡
チャンネル	channel	（0,1/名）	頻道
指きり	ゆびきり	（3,4/名）	立誓約時用手指頭打勾勾
拳万	げんまん	（0/名）	打勾發誓

映画とドラマ

毎天10分鐘
＊完美表現法＊一日10分で上達！

mp3 43-02-1

ずいぶん長い間、映画館に行かなかったんです。

我已經好久沒去看電影了。

試写会に招待されたことがあります。

我曾受邀去看電影試映。

私達の座席はだいたいこの辺りです。

我們的座位大概在這附近。

一緒に映画を見に行こう。

我們去看場電影吧！

私は毎月、映画を一本くらい見に行きます。

我大概每個月會看一場電影。

映画は面白ければ何でも見ます。

只是要好看的，我幾乎什麼電影都看。

私は学生の頃に正真正銘の映画オタクでした。

我當學生的時候是個不折不扣的電影迷。

私は演劇、オペラをはじめいろんなパフォーマンスにとても興味を持っています。

我對於戲劇、歌劇和各式各樣的表演都十分感興趣。

海賊版のディスクが横行するため、映画を見に行く観客はどんどん減ってしまうと思います。

我覺得因為盜版影音光碟猖獗的關係，使得看電影的觀眾愈來愈少了。

アクション映画がとても好きです。

我非常愛看動作片。

トム・ハンクスは私が一番好きな映画スターです。

湯姆漢克斯是我最愛的電影明星。

豪華なキャストが揃った映画が好きなんです。

我喜歡看演員陣容堅強的電影。

神崎博美：ねえ、文翔、一緒に夕飯を食べて、その後映画を見に行きませんか。

我跟你說，文翔，我們一起去吃個飯，然後再去看電影好嗎？

董文翔：いいですよ。いまどこですか。

好主意！妳現在在哪？

神崎博美：市内のプリンスホテル。

在市區的王子飯店。

董文翔：車で迎えに行きましょうか。

需要我去載妳嗎？

神崎博美：いいえ、もう〝クライスラーネオン〟を借りましたから。ね、今日は何か面白い映画がありますか。

不用，我已經租了一部「克萊斯勒Neon」的車。對了，今天有什麼好看的電影？

董文翔：阿部寛が出演している『歩いても歩いても』は評判が良さそうですよ。

我聽說阿部寛主演的『橫山家之味』非常好看。

神崎博美：いいみたいですね。夜の何時から始まるんですか。

聽起來好像不錯。那晚上幾點開演呢？

董文翔：七時三十分。
晚上7點30分。

神崎博美：そう。じゃ五時半に青山喫茶店で待ち合わせて、そこから映画館へ一緒に行って映画を見ましょう。
好的。我們5點半在「青山咖啡」見面之後，再去看電影。

（神崎博美和董文翔在餐廳用完餐後，相偕至電影院門口。『横山家之味』售票口前大排長龍，果然相當受歡迎。好不容易才輪到他們買票。）

董文翔：今夜の七時半の座席はまだありますか。
今晚7點半的電影還有票嗎？

チケット受付：はい、あります。何名様ですか。
有。您要幾張票？

董文翔：二名です。おいくらですか。
2張票。多少錢？

チケット受付：二千円になります。
2,000日元。

董文翔：あの、すみません、座席はちょっと真ん中あたりにしてもらえませんか。
抱歉，我可以挑中間一點的座位嗎？

チケット受付：申し訳ありません、真ん中の座席は完売しましたが。

抱歉，中間座位的票都賣光了。

董文翔：そうですか。じゃ、前の方の座席で二枚、お願いします。

沒關係，那麼就兩張前排的票。

チケット受付：かしこまりました。はい、チケットです。ありがとうございました。

我知道了。這是您的票，謝謝您的光臨。

随分	ずいぶん	（1/副）	相當
試写会	ししゃかい	（2/名）	首映會
招待	しょうたい	（1/名,他サ）	邀請
正真正銘	しょうしん しょうめい	（0/名）	不折不扣的
おたく		（0/名）	〜迷
オペラ	opera	（1/名）	歌劇
パフォーマンス	performance	（2/名）	表演
ディスク	disc	（1,0/名）	光碟片
海賊版	かいぞくばん	（0/名）	盜版
横行	おうこう	（0/名,自サ）	猖獗
どんどん		（1/副）	事物漸漸進展的樣子
アクション	action	（1/名）	動作
キャスト	cast	（1/名）	卡司；角色
出演	しゅつえん	（0/名,自サ）	演出
評判	ひょうばん	（0/名）	評價
待ち合わせ	まちあわせ	（0/名）	約在某處碰面
真ん中	まんなか	（0/名）	正中間
完売	かんばい	（0/名,他サ）	售罄；賣完
かしこまりました		（4/自五）	知道了；遵命

mp3 43-03-1

ゲームでもっと反応の速さを鍛えられると思います。
我覺得電玩遊戲可以訓練反應能力。

ゲームの魅力は、色々なシチュエーションが楽しめることです。
電玩遊戲的魅力，在於可以享受各種不同情境的樂趣。

友達の家でテレビゲームをやった時に、はまってしまい、目が痛くなってしまいました。
我在朋友家玩電視遊戲機，因為玩得太入迷了，所以眼睛非常地痛。

一番人気のゲームは「スポーツ 競争ゲーム」、「冒険ゲーム」や「格闘ゲーム」です。
最受歡迎的電玩遊戲類型包括了「運動競技遊戲」、「冒險遊戲」和「格鬥遊戲」。

私の考えでは、良いコンピューターゲームの評価基準はグラフィック、音声、操作、ストーリー、キャラクターと価格です。

依我的觀點而言，一套好的電玩遊戲必須包含了好的影像、繪畫、聲音、操縱玩法、故事情節、人物刻劃和價格。

パソコン、ゲーム機、ノートパソコン、ソニーのＰＳ２、任天堂のＮＤＳＬやマイクロソフトの　Ｘ　ｂｏｘ３６０などはかなり違います。

個人電腦、大型電玩遊戲機、手提電腦和SONY的PS2、任天堂的NDSL、或微軟的Xbox 360……這些遊戲都是大不相同的。

ゲームの海賊版業者が大嫌いです。

我最痛恨電腦遊戲軟體的盜版業者。

mp3 43-03-2

藤谷美樹：お、修くん。どこへ行くんですか。
嗨，阿修！你要去哪兒呀？

張亞修：やあ、美樹ちゃん。今からネットカフェへゲームをしに行くんですよ。一緒にどうですか。
嗨，美樹。我正要去網咖玩電腦遊戲，妳要一起去嗎？

藤谷美樹：ああ、いいや。お金の無駄使いはしたくないんです。
喔，不。我不想把金錢浪費在不必要的事物上。

張亞修：でも、お金はあまりかかりませんよ。一時間に三十元もしませんよ。
但是，那不用花很多錢。1個小時消費低於30元台幣。

藤谷美樹：本当。そんなに安いんですか。
真的嗎？那麼便宜啊！

張亞修：そうですよ。それに、ゲームのプレイ以外に、インターネットを通じて他のネット友とゲームについていろいろと話し合うことができますよ。
沒錯。而且，妳不但可以在那裡玩電腦遊戲，也可以透過網路和其他的網友討論遊戲裡面的情況。

藤谷美樹：ネットでゲームをしながら、話せるってことですか。
你是指在線上玩遊戲、同時和人對談嗎？

張亞修：その通りです。
一點也沒錯！

藤谷美樹：へえ、それはいいですね。じゃ、普段は何のゲームをプレイするんですか。
哇！太酷了！那你通常是玩什麼類型的遊戲呢？

張亞修：うん、ロールプレイングゲームが多いですね。
嗯，通常是角色扮演遊戲居多。

藤谷美樹：ロールプレイングゲームって。
什麼是角色扮演遊戲？

張亞修：通称はＲＰＧです。要するに、参加者がナイトとか、魔法使いとかのキャラクターを操作し、お互いに協力し合って、架空の状況で与えられた試練を乗り越えて、目的の達成を目指すんです。例えば、今大人気のオンラインゲーム、『楓の谷』はその典型ですよ。
一般叫做RPG。簡單來說，就是一種玩家可以扮演像是騎士或巫師之類的角色，與同伴同心協力，克服各種難關達成目標的遊戲。譬如說，目前最受歡迎的線上遊戲之一『楓之谷』，就是角色扮演遊戲的典型。

藤谷美樹：なるほど。
我懂了。

張亞修：でも、僕はやっぱりＬＡＮパーティーの『ハーフライフカウンターストライク』、通称ＣＳ、の方が好きですね。
但是我還是比較喜歡玩「區域網路遊戲」中原名叫做《戰慄時空之絕對武力》的CS。

藤谷美樹：なんでですか。
為什麼？

張亞修：ＣＳではテロリストかアンチ・テロリストかを選んで、様々な武器を使って敵を倒すことができるんです。その上、他の参加者を誘い、チームを結成し対戦相手を攻撃することもできる。これは本当に友達を作って、ストレスを解消する良い手段だと思うんです。
因為在CS中，我可以成為恐怖份子或反恐怖份子，用各式各樣的武器去打倒敵人。而且我可以邀請其他玩家採團體行動來擊敗對手。它真的是交朋友和紓解壓力的好方法。

藤谷美樹：面白そうですね。じゃあ、私も行ってみようかな。どうやってコンピューターゲームを始めるんですか。
聽起來挺有趣的。好吧，我跟你去看看。那這個電腦遊戲一開始要怎麼玩呢？

張亞修：一緒に行きましょう。教えてあげますよ。
走吧！我會教妳怎麼玩的！

反応	はんのう	（0/名,自サ）	反應
シチュエーション	situation	（3/名）	情境
はまる		（0/自五）	陷入
格闘	かくとう	（0/名,自五）	格鬥
グラフィック	graphic	（3,2/名,形動ダ）	圖像
キャラクター	character	（1,2/名）	人物
ネットカフェ	internet café 的簡稱	（4/名）	網咖
無駄	むだ	（0/名,形動ダ）	浪費
ネット友	ねっととも	（0/名）	網友
ナイト	knight	（1/名）	中古騎士
魔法使い	まほうつかい	（4/名）	魔法師
架空	かくう	（0/名,形動ダ）	虛構
目指す	めざす	（2/他五）	朝某目標前進
ＬＡＮパーティー	Local Area Network	（名）	區域網路遊戲
通称	つうしょう	（0/名,他サ）	通稱
テロリスト	terrorist	（3/名）	恐怖分子
誘う	さそう	（0/他五）	邀請
解消	かいしょう	（0/他サ）	消除；解除
説得	せっとく	（0/名,他サ）	説服

235-86 新北市中和區中山路二段359巷7號2樓
2Fl., No. 7, Lane 359, Chung-Shan Rd.,
Sec. 2, Chung-Ho, Taipei County, Taiwan, R.O.C

台灣廣廈出版集團

LA PRESS 語研學院
Language Academy Press

請沿虛線反摺.裝訂並寄回本公司

讀者資料/ 請親自詳細填寫，以便使您的資料完整登錄

● 姓　名/ _____

● 電　話/ _____

● 地　址/ □□□□□ _____

● E-Mail/ _____

請沿虛線剪下

讀者資料服務回函

感謝您購買這本書！
為使我們對讀者的服務能夠更加完善，
請您詳細填寫本卡各欄，
寄回本公司或傳真至（02）2225-8052，
我們將不定期寄給您我們的出版訊息。

- 您購買的書 _____ 一個人用日語一直聊、一直聊 _____
- 您 的 大 名 _____
- 購 買 書 店 _____
- 您 的 性 別 □男 □女
- 婚　　　姻 □已婚 □單身
- 出 生 日 期 _____年_____月_____日
- 您 的 職 業 □製造業□銷售業□金融業□資訊業□學生□大眾傳播□自由業
　　　　　　 □服務業□軍警□公□教□其他
- 職　　　位 □負責人□高階主管□中級主管□一般職員□專業人員□其他
- 教 育 程 度 □高中以下（含高中）□大專□研究所□其他
- 您通常以何種方式購書？
　□逛書店□劃撥郵購□電話訂購□傳真訂購□網路訂購□銷售人員推薦□其他
- 您從何得知本書消息？
　□逛書店□報紙廣告□親友介紹□廣告信函□廣播節目□網路□書評
　□銷售人員推薦□其他
- 您想增加哪方面的知識？或對哪種類別的書籍有興趣？

_____
_____

- 通訊地址 □□□□□ _____
_____
- E-Mail _____
- 聯絡電話 _____
- 您對本書封面及內文設計的意見

_____
_____

- 您對書籍寫作是否有興趣？ □沒有□有，我們會盡快與您聯絡
- 給我們的建議、或列出本書的錯別字

_____
_____

請沿虛線剪下

國家圖書館出版品預行編目資料

一個人用日語一直聊一直聊／李青芬 著. --初
版.--【新北市】：
　　語研學院, 2016.02
　　　　面；　　公分

　　ISBN 978-986-91952-7-0（平裝）

　　1.日語　2.會話

803.188　　　　　　　　　　　　105000627

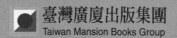 

一個人用日語一直聊、一直聊

作者	李青芬
審定	坂元さおり
出版者	台灣廣廈出版集團
	語研學院出版
發行人／社長	江媛珍
地址	235新北市中和區中山路二段359巷7號2樓
電話	886-2-2225-5777
傳真	886-2-2225-8052
電子信箱	TaiwanMansion@booknews.com.tw
網址	http://www.booknews.com.tw
總編輯	伍峻宏
執行編輯	王文強
美術編輯	呂佳芳
排版／製版／印刷／裝訂／壓片	東豪／弼聖／紘億／明和／超群
法律顧問	第一國際法律事務所　余淑杏律師
	北辰著作權事務所　蕭雄淋律師
代理印務及圖書總經銷	知遠文化事業有限公司
地址	222新北市深坑區北深路三段155巷25號5樓
訂書電話	886-2-2664-8800
訂書傳真	886-2-2664-8801
港澳地區經銷	和平圖書有限公司
地址	香港柴灣嘉業街12號百樂門大廈17樓
電話	852-2804-6687
傳真	852-2804-6409
出版日期	2017年6月4刷
郵撥帳號	18788328
郵撥戶名	台灣廣廈有聲圖書有限公司
	（購書300元以內需外加30元郵資，滿300元（含）以上免郵資）